遇见
在青春的途中
YUJIAN ZAI QINGCHUN DE TUZHONG

杨冬儿 ◎ 著

中国华侨出版社

图书在版编目（CIP）数据

遇见，在青春的途中 / 杨冬儿著 . —北京：中国华侨出版社，2014.6
ISBN 978-7-5113-4638-4

Ⅰ . ①遇… Ⅱ . ①杨… Ⅲ . ①散文集—中国—当代 Ⅳ . ① I267

中国版本图书馆 CIP 数据核字（2014）第 109298 号

遇见，在青春的途中

著　　者	/ 杨冬儿
出 版 人	/ 方　鸣
策划编辑	/ 周耿茜
责任编辑	/ 月　阳
责任校对	/ 孙　丽
装帧设计	/ 顽瞳书衣
经　　销	/ 新华书店
开　　本	/ 880 毫米 ×1230 毫米　1/32　印张 /7.5　字数 /160 千字
印　　刷	/ 北京中印联印务有限公司
版　　次	/ 2014 年 9 月第 1 版　2014 年 9 月第 1 次印刷
书　　号	/ ISBN 978-7-5113-4638-4
定　　价	/ 32.00 元

中国华侨出版社　北京市朝阳区静安里 26 号通成达大厦 3 层　邮编：100028
法律顾问：陈鹰律师事务所
编辑部：（010）64443056　64443979
发行部：（010）64443051　传真：（010）64439708
网　址：www.oveaschin.com
E-mail：oveaschin@sina.com

目录 Contents

第 一 章　赤坎·光阴堆积的记忆 \ 001
第 二 章　南澳·海天交织的绮梦 \ 013
第 三 章　霞浦·揣测失踪的流年 \ 033
第 四 章　周庄·沉沦旧梦的旖旎 \ 049
第 五 章　坝上·爱上天使的童话 \ 059
第 六 章　云南·传说遗落的梦幻 \ 081
第 七 章　塔川·红叶飘飞的时候 \ 095
第 八 章　汕头·碎念漫步的街角 \ 105
第 九 章　潮州·胭脂迟暮的依恋 \ 119
第 十 章　张壁·千年风霜的感叹 \ 129
第十一章　西湖·若如初见的祈愿 \ 141
第十二章　香港·烟花落寞的华衣 \ 149
第十三章　马鞍山·遇见最美的花开 \ 169
第十四章　城市·美食与爱情故事 \ 177
第十五章　牵挂·写给天使的信笺 \ 191
第十六章　传闻·在旅途收集故事 \ 211
第十七章　行走·风景在无声变换 \ 217
第十八章　宁国·水波激艳的怀念 \ 227

第一章
赤坎·光阴堆积的记忆

广东开平赤坎古镇,这座古老的城市,用它的一抹沧桑铭记一段永不可遗忘的曾经。

12月，天气晴朗，恰到好处的寒冷，恰到好处的阳光以及气氛。难得的风平浪静，难得的风和日丽，难得的晴天，难得的一段属于自己的好天气。

一个背包，一个相机，一双磨得有些陈旧的牛皮马克靴子，舍弃了很多不适合的牵绊，我终于踏上一段期盼已久的、属于彼此的旅程。

每一座城，都有它的故事，这些故事，或欢喜或悲伤，或浪漫或哀怨。隐藏在其中的，总是一些任由时间如何掩藏、打磨都无法磨灭的记忆。城中的人一代一代地诞生、成长、衰老、逝去，周而复始却绵延不停，于是城池中的故事，就随之被接连不断地流传下去。再然后，就连你看见的、触摸到的每一块石头、一粒细沙，亦成了有记忆的精灵了。

走过一座又一座的城池，最后终于发现当初那个随我走进城中的欲望啊，如今已是记忆。

一座没有冬天的城市，是种什么样的景象呢？

没有寒冷，所以不会有刺骨的风将你冻得瑟瑟发抖。

第一章 赤坎·光阴堆积的记忆
003

因为南方之地，很少下雪。冬夜来袭，这里的每一条街道开始变得灯火通明。

"温暖"是我对这座城唯一的印象。

终究忍不住的时候，你会想要迫不及待地脱去身上厚实而笨拙的羽绒棉大衣，飞扑进这城中的某一个角落之中，然后你会说："天呀！我这是在春天里吗？"

一座古镇，两个家族。

一些景致，很多记忆。

走进赤坎地界的那一刻，我有些恍惚的错觉。

异国他乡！

一色暗黄的骑楼；罗马柱上缠绕着的鲜绿色的藤蔓；斑驳却被磨得光亮的石板路；巴洛克山花锈迹斑斑……

实在找不到比上边"异国他乡"这个词能更好地形容我此刻的感觉了。

第一章 赤坎·光阴堆积的记忆

这样的景致绵延一路就是几公里,那日恰好拐过一条小小弄口的时候,听到里面飘出来的邓丽君的歌声,疑窦丛生。

我穿越了吗?

骑着自行车在赤坎旧镇骑楼集中区被设置为单行线的小道上绕来绕去,一座又一座细数着一栋栋依水而建的西洋建筑与岭南建筑结合而成的老式骑楼,很惊奇地发现竟一路绵延将近600座之多。

堤东、堤西的骑楼街最是招我喜欢。一楼一顶,西洋屋顶壁面后盖着传统中式"金"字形的屋瓦。骑楼很高,有的高达两层。

我在骑楼街的尽头踩了刹车,停了下来,一个劲儿地后悔自己为什么不把那件刚从淘宝上淘来的绿色旗袍带着。要知道这样的景致,最适合的就莫过于身着旗袍、打着油纸伞、拿着手绢在石板路上摇曳而过了。再竭力地想象在街转角处,遇上一梦中良人,诸如《金粉世家》里面的金燕西,或者是《一代宗师》里面的叶问……再然后的情节可以是纸醉金迷、灯红酒绿,哪怕现实如我,既不是冷清秋也不是宫若梅……可我还是贪恋空气中残留着的法国香水的气味和胭脂水粉的气息。

我在骑楼下边林林总总紧挨着的商铺里头流连了很久,一间一间地逛、一间一间地淘，时光到了这里，几乎可以暂时停止了。因为要探究的太多了，刹那间好像回到了绑着麻花辫子的童年，跟着赶集的外婆，在五彩缤纷的旧街道上流连忘返。

　　粮店、杂货店、药店、家私店、五金店、钟表店，还有卖复古小饰品的"珠宝店"，以及店里店外各自忙碌、各自精彩的人们，砍价、看书甚至是四个一台打麻将……

　　我站在一位有些秃顶的老爷爷身后好一阵子，替他那盘精心"经营"了一番的"十三幺"捏了一把汗。最后，老爷爷如愿和牌了，他激动得以一个华丽的手势推倒牌局，再用得意扬扬的广东话向同伴大声炫耀。略懂牌局的我，也跟着激动得手舞足蹈起来，倒是后来老爷爷突然发觉身后何时多了一个"不速之客"，回过头来，用陌生又讶异的表情看着我，我这才羞得满脸通红，朝他傻笑着吐了吐舌头，灰溜溜推着我的自行车跑开了。

　　"夜里回忆是白天川流来往此刻偶经的车，活着时光如水经过你捧常想起渴有多渴喜悦与伤痛是命运于社交中当时多嘴的舌，聊遍了所有万千的脸色还是在等一瞬间的心动……"

　　哼着歌骑着小车继续前行，天空清澈、蔚蓝、安逸、温暖无比。

经过一间老式图书馆门口的时候,图书馆楼顶的大笨钟"铛铛铛"地敲了好几下。咦!这是不是在表扬我是个勤劳的孩子呢?我自娱自乐地想着,心里头再次被大笨钟的钟声逗乐。

巷子口碰见一只过路的猫咪,油黄色的皮毛在太阳光下闪着亮亮的光。它倒也不怕人,悠然地从我车子前面经过,我跳下车来,学着猫叫声意图和它打招呼:"喵星人你好呀!我是蓝星人!喵星人请回答,请回答!"

可惜今天遇上的是只脾气古怪冷漠的猫咪,它没有我家"哒哒喵"的热情似火,对我这么亲切热情的主动呼唤毫不动心,只是瞪了我一眼,继续悠然自得地走开了,落下我一个人蹲在路边,还因为先前学猫叫的行为举止引来楼顶上晾衣服的阿姨的注意。

是不是因为我是个生分的面孔的缘故呢?阿姨在阁楼上注视我很久,会不会在她眼里,我有"偷盗拐带"猫咪的企图呢?

阳光灿烂,肆无忌惮地照射在二楼窗户的彩色玻璃上,彩色玻璃上的反光闪闪烁烁、明明灭灭真好看,这感觉真好,生活、旧物、阳光。

踩着脚下细碎的鹅卵石,一手推着我的自行车,微风迎面吹拂着我的长发，偶尔藏身在榕树上的小鸟还会来上一段清脆的歌声，这样的时光可否永远停驻？

在空荡街景的前面，请放轻脚步，不要吵醒属于旧日旧时的旧记忆。有些美好就一直让它这么安静下去吧，不要遗忘，不要缅怀，不要过分探究。尘寰沧桑，我们只是渺小一粟。光阴荏苒，回头之时，万水千山、天涯海角……

暮色，不知不觉漫上来了。抬头天边白丝条般的云彩染上了晚霞的色泽，飘逸在碧蓝的天幕中。

地上的我翘首仰望，忽然之间想起《大话西游》中紫霞仙子说的那段话来："我的梦中情人，他是一位盖世英雄，我知道有一天，他会穿着金甲圣衣、踏着五彩祥云来娶我。我猜到了这开头，却猜不到这结局……"

天上云彩很薄很薄，竭尽自己微薄的力量用身体挡住太阳，很大的太阳被掩埋在云朵里，开始往西边沉落但却仍旧不服气地放射自己的光芒，在云朵最薄的周围，阳光呈现出来的是五彩的光线，仿佛是彩虹，却又比彩虹要浓烈得多，比起彩虹光谱中弯弯的一小条更阔气，颜色也更鲜艳，后来天幕也被流光染红了。

是不是至尊宝终于穿越千年的时空来接走他的紫霞仙子了？漫天唯美的紫色调及时地配合着我的想象，甚至它们开始在西边泛滥，倒映在河上，河水、倒影、天幕、紫色……所有的种种，犹如一场姗姗来迟的唯美婚礼，属于紫霞和至尊宝的婚礼。她爱着他一世又一世，生生世世轮回不息，如此痴情。

老街上马仔豆腐角的香味偏偏就在这时飘了过来，然后老街上的居民们也开始热闹起来了，砂锅里头的煲仔饭，热腾腾地冒着香气，配着初上的华灯，一片宜家的温馨。

恰巧看见街转角祖孙二人携手相伴而归的身影，在这样充满期盼的归家光景中，赤坎古镇也进入到静谧的世界里。

忽然感觉时间就在祖孙二人缓慢但却执着的脚步中不由自主地慢了下来，其实这样多好，归于宁静，且行且珍惜。

堤西，关氏图书馆旁，头发花白的老奶奶在售卖自己制作的麦芽糖，因为喜爱甜食，所以凑上前去，晶莹剔透的麦芽糖缓缓入口，童年时的味道不由分说地占领了一整片回忆。

老奶奶丝毫不吝啬与路人分享她的经历。她说她已经在这条街上卖了很多年、很多年的麦芽糖了，年月长久连她自己也记不清

第一章　赤坎·光阴堆积的记忆

了。只记得这手艺是她的丈夫教给她的,她很年轻便嫁给了那个老实厚道的男人,他有一门制作麦芽糖的好手艺。

他一生挚爱着她,他告诉她,安心地将自己交给他,他能赋予她一生温暖无忧。后来他们的第一个孩子出世了,接着是第二个、第三个……再后来,男人终究还是老夫,来不及与她执手到老,却留下她依旧孤独地卖着麦芽糖,年年岁岁。麦芽糖中黏稠着再不止是腻腻的甜味,还有她对丈夫那份止不住的浓浓思念……

或许老奶奶的夫家姓"关"……

含着甜腻腻的麦芽糖,我心里头暗暗掂量。告别了老奶奶踱步向东,一位身穿白色长裙的女子与我擦肩而过。她那头及腰的长发吸引了我的眼球。

"待我长发及腰,少年娶我可好?"

"不知小姐可是司徒家的千金?"

假若时光倒退百年,我真愿化身温文男子,娶走司徒家那位清丽文静的千金小姐。

只是，光阴永远是前行不息的，每一种事物、每一位故人都将被其远远地抛在身后，成为历史之中的一抹永恒的回忆，谁都无法例外。

曾经的潭江边上，有座叫作"赤坎"的古镇，关氏与司徒两个家族在这里繁衍发展，终究成为富甲一方的豪门，但也在光阴匆忙的脚步中，恩恩怨怨、是是非非终究还是散落在这里的大街小巷之中……

唯有"关族图书馆"与"司徒氏图书馆"依然静默地矗立在东西河畔边上。潭江之水，从未停止过奔流的步调，千年的古榕，诉说着过往的旧事，而江风亦殷勤传递，将旧日旧时旧记忆永久铭刻……

第二章
南澳·海天交织的绮梦

东方夏威夷——南澳岛，坐落在闽、粤、台三省交界的海面上，是广东唯一一个山海合一的岛屿。沙滩、青山、风车、传说、故事、回忆、眷恋……要记住的实在是太多太多了。

自认很傻。总是会对某一个地方、某一个故事、某一段情感、某一个人念念不忘。

要回忆的事情太多了。青春不再的女子，垂垂渐老，坐在风和日丽、风平浪静的沙滩边上，阳光照着脸庞，睁开迷蒙的眼睛，然后望见远远飘近的一点白帆，心中窃喜，是不是旧时的他正在为我而来的归途上前行？

我总是这么安排自己的晚年。

我说，我老的时候，要到南澳岛定居。

我说，我死的时候，要将骨灰抛撒在南澳岛的海域。

我说，我的下一辈子，要投胎做南澳岛上出世的一位女子、一个男人、一尾小鱼、一条狗、一只猫、一棵树、一朵小花……

不管怎么样，我都要提醒你，百年之后魂归黄泉，千万不要喝孟婆递给你的那碗特色茶汤，因为这一世，你欠我的，是一段羡煞旁人的爱情，是一段铭心刻骨的回忆，是一段毫不犹豫的情感……

所以，来世，我一定要做你的新娘。这没有什么可以商量的。

第二章 南澳·海天交织的绮梦

你给我好好记住了。

走进南澳岛的那一刻,我把我的心留给了海。湛蓝色、一望无垠、平静的海。

偶尔的浪花、飞过的白色海鸥与蔚蓝的天空交杂在一起,忽然之间有种恍惚的想法,能不能张开自己的双臂,什么都不想让一切归于宁静,然后沉溺进这一隅安宁的境界,陪着人鱼公主化成的泡沫一起,谱写一个关于爱情的故事,三生三世都不要醒过来?

进岛的那天运气真好,居然看见远处海域有上上下下的两个亮白色影子在上下游动,竟是与海豚偶遇。

小小的身影,在碧波中翻动,阳光照在它们那发亮的皮肤上,闪烁着晶莹的光芒,这光芒瞬间温暖心房。做一只无忧无虑、单纯的海豚,整日在无垠的海底游动,没有牵绊、不言牵挂,其实是多么好的一件事情啊。

幽蓝海水,总是潜藏着太多太多的思绪,来不及掩饰,便一瞬之间漫上心头。不过于旧日旧事旧记忆。

环岛路,顺着山路一直蜿蜒。一边是悬崖峭壁、一边是嶙峋

山石，接连的急弯颇让我感到紧张，好几次几乎是惊叹与感叹一齐迸发的。惊叹在下一个拐弯处，飞驰的汽车会不会撞上对开而来的车子，感叹路的另一边上不停出现的一个又一个美丽的碧海蓝天的景致。

倒是开车的当地司机大哥被我吵得有些不耐烦了，好几次透过后望镜打量着我。

兴许驾驶经验老到的他对于我这种多此一举的大惊小怪感到忍无可忍了吧。又或者从小见惯这方天地的他早已失去了那份新鲜感与惊奇感，所以我眼中的美景对他来说，丝毫不觉得有什么动人之处。

这样的道理，是不是和那个关于"左右手"的故事有异曲同工的地方呢？

两个原本相爱的人在一起久了就变成了左手与右手，或许他们彼此不再相爱了但却依旧选择相守。因为放弃这么多年的彼此付出需要很大的勇气，也许生命中会出现你爱的人。但那终归是过客，你还是会牵着你的左手或是右手一直走下去。幸福有时候真的和爱情无关。

一段美丽的风景看久了，也就变得索然无味，或许还会依旧在这样的境地里生活，因为走出一片熟悉的天地需要很大的改变与付

第二章　南澳·海天交织的绮梦

出，所以选择了安于现状，哪怕面对如画的景致也再不觉如何的动人。

可对于我来说，对这座四面环海的小岛，却是有太多太多的牵挂的，眷恋、向往、憧憬、盼望、徜徉……太多的情绪交织，于是我开始哀求司机让我下车，在环岛路上一个人好好地、安安静静地走上一段路程。

纯粹的海风伴着摇曳的树影陪着我一路徜徉。望着路边上层层叠叠的大树错落有致，才知道这里竟是一段蜿蜒的树林，那感觉如此熟悉，甚至我疑惑前生的记忆是否就是在这里开启的？

熟悉的感觉、不止的眷

恋，有种错觉，上一世我是不是这片海岛之上一只迟来的白狐？为了寻找书生临别时的一个回眸而蹉跎千年？衣袂飘飘，任天长地久全成虚无。

忽然想唱歌，唱那首名为《白狐》的歌。

而路的另一边，却是一望无际的海面。

夏日的大海风平浪静，犹如一面银色的镜子，波光闪闪，它把湛蓝的天空映衬得格外明亮。大海与蓝天相连，蓝天与大海相接，海天一色，谁也不能把海与蓝天分得清楚。

远处，间接有轮船在移动，有数不清的白帆在滑行，它们的影子越来越小，渐渐地变淡了……终究不知它们是要到海的尽头还是要驶进茫茫的苍穹？

海风吹来，撩起我长长的秀发，飘扬漫飞，粘在我的唇上，纠缠备至。涛声连连，夹杂着海鸥的叫声，极像一首歌谣，吟唱海的风韵。

礁石永远都静默着，凝固在岸边。每一块石头都是有故事的吧？

爱、恨、情、仇……它的心中记取的实在是太多太多了。所以

第二章　南澳·海天交织的绮梦

任由海浪无时无刻温柔地亲吻、抚摸着自己，礁石都始终无动于衷，它们只是凌乱地耸立在那里，静静地、静静地等着、待着。

或许礁石在等待着故事最终的结局吧，只是要个结局罢了，不在乎天长地久、不在乎年月变幻，它们早已凝固在自己的执着之中。

风刀霜剑、潮涨潮落丝毫未能改变礁石的本质，它们用自己的坚硬来陈述自己的坚强。粗糙抑或光滑的表层面貌，它丝毫未曾在意过，静静地、静静地待着、等着，做着最真实的自己，原来是这样的简单与美好。

与礁石相比，匆匆而来、匆匆而去的浪花便显得格外调皮了。面对静默的礁石，浪花总是这样无休无止地追赶着、亲吻着、拍打着，从这一块礁石到另一块礁石，它们不停地追赶，从深蓝的远处席卷而来，幻化成白花花的一片，拍打在礁石上然后瞬间化成了雪白的泡沫。不过这样丝毫未能阻挡浪花追寻礁石的决心，于是一浪接着一浪，生生不息，唯美而梦幻。

顺着蜿蜒的公路延伸，一直到连绵不绝的海完整无余地呈现在眼前。

潮声，穿越了千百年悠悠流逝的沧桑岁月，在耳畔响彻，仿佛

第二章 南澳·海天交织的绮梦

有无数的心绪、无数的故事,迫不及待地向每一个涉足此地的人们倾诉。它们恒久不息地重复着这一切,好让人们永远地将自己记住。

沙滩,铭刻了无数双足印,它用这样的方式来使自己记忆,记下所有发生在这里的故事、传说、片段。欢喜、哀伤、甜蜜、失落、美满、遗失……它不会排斥,只是悉数地接受,而当你每走过一步,留在沙滩上的脚印就会很快被另外的一双脚印覆盖,回头,却发现一路徘徊,深深浅浅,你能感受到曾经的存在,却无法再次让它重演。诚如终究,我们会怀念生命之中曾经拥有过的某一朵盛开着的花朵,只是,在它凋谢了之后,世界上就再也无法找到另一朵与它一模一样的花儿。

海浪,翩然而来,昂着洁白的浪峰,朝着太阳款款舞动,好似传说之中绝美的妃子,一面虔诚地朝着君王殷勤朝拜,一面齐声歌唱。

白云、蓝天、碧海,不得不承认这是一个辽阔的天堂,心在这里不受任何世俗的束缚,只想放开自己,忘记所有归去之后必须要面对的真实。只想彻底地忘记自己的身份、名字,甚至性别,放下所有压在心头的心事,肆无忌惮、毫无顾忌地在海的怀抱中使坏、嬉戏。

漫天飞舞的海鸟猜透了我的心事,却愿意用自己矫健的舞姿为我鼓劲,它们快乐地朝我起哄,叫唤我不要再犹豫,真没有什么比及时行乐来得更加洒脱。

　　知道吗？这一刻对于我来说就是全部，这一刻的我是如此的快乐，没有任何欲望会失落，没有任何欲望会遥不可及。而我，安身于快乐无边的感觉之中，满足、沉溺，愿就此一世都不醒来。

　　天色不知不觉间就暗了下来，还来不及好好地体会海滩之上这份无忧无虑、海阔天空的自由感，时间就无声地在身边流过，未经许可，不容置疑。

　　这是不是就应了那句出了名的俗语"快乐不知时光过"的意味呢？可是，时间都去哪儿了？

　　看着渐暗的天，对即将匆忙过去的一天感到不舍，伫立在海水之中。

　　水温柔地浸没了小腿，凉凉的。一瞬之间，有种彻底放松的感觉。脚底下是柔柔的沙子，在海水暗流的"挑拨"下，显然有些"不安分"，骚动着一颗心房。突然忍不住心中的美好，一头扎进身旁某个期待已久的胸膛，紧紧地抱紧，将头埋在胸膛之间静听着心跳，不再理会此刻旁人的眼光。

第二章　南澳·海天交织的绮梦

我就说我是个淘气、娇惯的小孩……

"亲爱的，别动。保持好这个姿势，让我安稳地靠一靠。别动，不许你动……"

坐在海边的岩石上，有些颓废地向身旁的他发出指令。他在旁边配合地保持着一动不动的姿势，好让我靠得更舒服一些，在这个夕阳衔山的海边黄昏。

当然他也不忘口中不停地唠叨，说是自己的肩膀因为我的依靠而渐渐变得劳累酸楚。实在嫌他太吵了，忍无可忍之际，伸手掩住他喋喋不休的嘴。

他倒也把握住时机，伸出另一只手握住我的手，放至唇边，轻轻一吻。

微笑，也不再多做挣扎，在这个美好而宁静的傍晚。

想起一首浪漫的歌：

月光与星子玫瑰花瓣和雨丝
温柔的誓言美梦和缠绵的诗

那些前生来世都是动人的故事
遥远的明天未知的世界
究竟会怎么样
寂寞的影子风里呼喊的名字
忧伤的旋律诉说陈年的往事
所谓山盟海誓只是年少无知
告别的昨天远去的欢颜
究竟是怎么样
那一场风花雪月的事
有没有机会重来一次
飘荡在春去秋来的日子里
是苦苦隐藏的心事
那一场风花雪月的事
既然会结束又何必开始
那曾经疯狂痴情的我和你
坐爱情的两岸看青春的流逝
……

西边天上晚霞渐渐地隐去了，黄昏的暮色在松涛与海浪声中悄悄地降临。广无边际的天幕上，出现了最初的几颗星星。明明灭灭、闪闪烁烁。四周早已进入静寂，只听见海水在轻轻地亲吻着沙滩，然后发出呢喃的细语。

第二章　南澳·海天交织的绮梦

"猜一猜，海水和沙滩在说什么悄悄话呢？"我问。然后觉得好笑，什么时候变得好似一个孩童，净说些幼稚的话题。

殊不知，他将唇凑到我的面前，说："海水在对沙滩说'我爱你'……"

海滩上，有人燃起了烟花，红、黄、蓝、紫……稍纵即逝却又五彩斑斓的烟火引来好多人观望，只见它迅速地飞升，朝着星光的方向，转眼便在夜空中绽放出美丽的花朵，即使只是短短的一瞬，但是，烟火燃烧了自己，向这个世界证明它真实地存在过。

南澳岛上的这一夜，我会将它铭刻在脑海中一辈子，时间终究会将所有的一切事物远远抛离，但无论如何，这一晚的星光与烟花以及海水对沙滩说的那句"我爱你"都将永远成为时间恒河之中的力证，证明这一辈子，你在我的生命中出现过并且留下了永远无法磨灭的记忆……

在海岛之上等待日出，是这一路旅程最值得的期待。为了这一个期待，凌晨五点天色微亮便起身出发了。

同样是白天走过的小路，现在却别有一番不同的滋味。天幕之中星光闪烁了整整一晚，开始累得有些暗淡，周遭静谧只听见虫儿呢喃。

草丛之中窜出一只浑身雪白的野猫，脚步奔波地跑开了，漠漠的身影，极似传说中的白狐……

是不是人世间又要多出一段缠绵悱恻的爱情故事了呢？

望着白猫匆匆远去的身影，我出神地揣测。

海滩上早已聚集了很多人，三五成群地站着、坐着，面朝大海，等待日出。

东边的海平线上渐渐泛出了曙光，微红的光线把桃色的颜色渲染在海水之中，与蓝色的海水相互勾兑之后，竟成了我最喜欢的绛紫色。看着满心欢喜，情不自禁地走向海水之中，清晨的海水果然很冷，每一步都透出彻骨的寒意，而且走得越深寒意越浓。

止住脚步之时，绛红色已经慢慢地从海面上爬升到天空的云霞之上，接着一个金色的圆边出现了，骤然发觉世界变得清晰了。

远处的圆边升腾、扩展，渐渐变成一个金红色的半圆，推开遮挡着的云霞，刚刚跳出水面，却又猛然沉落，随后又再次缓缓升起，

第二章 南澳·海天交织的绮梦

反反复复、升升沉沉。朝阳依依不舍地恋着海洋，又不得不回到自己必须升腾的轨道之上，一番缠绵，终于挂在了海天相接的一角。万道红光随即从天而降，惊艳瞳孔。

又是崭新的一天，而昨天就此成为永恒。

抿抿嘴，面对朝阳，做一个深深的呼吸，在温暖而明亮的晨光中感受温馨的暖意。独自在海滩上走了很长、很长的一段路途，自由地、没有方向、没有目的地走着，一步一个脚印，不回头、不停留，让浪花在身后冲淡一路走来的足印。

莞尔一笑，忽然希望手中有一张船票，可以随意登上海中航行的任何一艘轮船，让它载我驶向远方，再无须记取来时的路，只需一直向前、一直向前，飘荡、流浪、不再回头……

去一个没有任何回忆的陌生地方，谁都不认识谁。让所有关于彼此的记忆都凝集成永恒，是是非非、恩恩怨怨、爱恨缠绵都全部遗忘，不打扰任何人亦不被任何人打扰……

写这一篇文字，已隔经年，许多的人与事物早已不是当初的模样。

深夜，想起卡尔维诺曾经写下的这段文字，心中突然有颇多的感触。

"留神不要对他们说出，同一地点同一名字下的不同城市，有时会在无人察觉之中悄然而生，或者默默死去，虽是相继出现，却彼此互不相识，不可能相互交流沟通。有时，居民的姓名、音调甚至容貌都不曾变化，但是栖身于这些名字之下和这些地点之上的神灵却已经悄然离去，另一些外来的神灵取代了他们的地位。询问新神灵比起老的神灵究竟好还是更坏，是毫无意义的，因为他们之间毫无关系，就像那些彩色明信片并不代表莫利里亚，而是代表一座偶然凑巧也叫作莫利里亚的昔日的旧城。"

是不是这样的叙述也如同人类的情感？两个人、三个人甚至一群人的疏离，故事的改变，峰回路转仅仅是因为时间的如梭荏苒，仅仅是因为逐日流逝再不回还的光阴？

所有的所有，仅仅如是？

原来，昨夜下了一宿的雨，做了一夜的绮梦……

第三章
霞浦·揣测失踪的流年

霞浦,处在南北海岸线的中点,北连长江三角洲,南接珠江三角洲,东与台湾岛隔海相望,是连接沿海两大经济发达地区的必经之地。旖旎景致,过目难忘。

"人在旅途，不知前面路上等待着自己的是怎样的城市，就揣摩她的王公、兵营、磨坊、剧院和市场会是什么样子的……有人说，这证明了一种假设，那就是每个人心里都有一座仅仅由差异构成的城市，一座既无形象又无形态的城市，而那些特别的城市则填充了它。"

卡尔维诺这段话说得极有道理。每一个人走在未知的旅途上，前方未知的道路与陌生的城市，总是能够激发出印象之中层出不穷的想象力。

对于未知的一切，人们总是有太多太多非常美好且曼妙的憧憬，这就是人们心中所谓的"对于美好的向往"。而在此之后的际遇，就开始体现出各自的不同了。或许有的人会收获很多美好的记忆；或许有的人得到的只是一些平淡无奇的见闻；或许有的人直接感到失望而有的人却就此会留下一生难以磨灭的回忆……

这就是卡尔维诺所说的"每个人心里都有一座仅仅由差异构成的城市"。而你，是否也一直像他一样在一路前行之中不停地揣测着一切呢？

是不是你会自动自觉想象构造出一些特别的憧憬来描绘自己埋藏在心中的某一座城池。

然后你便会在诸如此类的憧憬中开始揣测自己的命运?

揣测什么时候你能觅得如意郎君?

揣测什么时候你能取得名利?

揣测什么时候你能荣华高升?

揣测什么时候你能拥有自己的车子、房子、孩子?

揣测什么时候你能在一座明亮、宽敞、舒适的大房子里,养上一条聪明可爱的小狗,一只机敏沉稳的小猫,一池摇曳多姿的锦鲤?

揣测什么时候你能在偌大的庭院中种下一棵棵纷繁盛放的

白兰?

你会不会常常在心里这样念想?

我会。

常常会这样揣测自己的未来,直至最终进入美好而满足的臆想世界,然后再感叹梦想美好,现实骨感。

回过头来,强作冷静地安慰自己,尘寰万丈,际遇纷繁如同天上明明灭灭的恒河星宿。每个人都该有自己各自不同的命运与定数,不该羡慕,不该抵触,不该忌妒,不该怀恨,不该抨击,更不该沮丧。

或许这样,一颗浮躁的心才能够得到一时片刻的安宁与平息。

一路旅程颠簸,一路看着安妮宝贝的书。她说:"有时一本书的命运,在落笔之时就已有既定的轮廓。停笔之时,便无变更。"

巧妙的是,人的命运又何尝不是如此?

人的命运,冥冥之中已在他(她)呱呱坠地之时就已成形。从此,

第三章　霞浦·揣测失踪的流年

便会循着既定的轨迹，一步一个脚印地演绎着自己的角色，肩负着"动时是戏子、静时是观众"的使命。

然后顿悟，生命神圣，人人平等，无得幸免。接着，便开始期待，希望能够在前方的旅途之中收获美好、快乐、欢笑、际遇、友谊、爱情……

恰好，霞浦，就是这样的一座充满揣测的小城。

小小一座城池，却如同被施了魔法一般奇异。

为什么？

因为假若你单凭着自己的想象而走进它半掩的城门，那么它必定会为你铺设好一个意外的结局……

之所以对霞浦产生兴趣，是因为它的名字。

霞，朝霞缱绻、晚霞碳碟；浦，在水一方，顺水而流……

"霞浦"这个名字的组合，注定要与流光溢彩缠绵不息，而匆匆旅人，闭上双眼，只要稍稍想起自己即将在那个霞光伴随着海潮出没之地徘徊流连，就知道当真是人间的一大乐事。

霞浦是个神秘的"女郎"，脸上蒙着厚厚却又艳丽的面纱。一年四季，春夏秋冬，它都在不停地变换着自己身上的颜色。

春天的新绿与碧蓝的宁静海湾；夏天的台风与浓墨的滚滚巨浪；秋天的金黄与明亮的温暖阳光；冬天的明净与安逸的滩涂。

北岐、东壁、福瑶、古桶、沙江、围江、小皓东、小皓西、杨家溪……

朝霞、晚霞、日出、日落、大海、滩涂、海上渔村紫菜田、海带丰收……

霞浦这个地方，有太多太多属于自己的、外界无法比拟的景致与风光，就如当地渔家女一般，戴着宽宽的遮阳帽，用彩巾把自己包裹得严严实实，唯有帽檐下的缝隙里露出一双明眸，那淳朴的目光犹如两汪秋水，又宛若平潭，偶尔掠过一丝笑意，就如同平静的水面上荡开的涟漪。

那份美丽，你不放下心去细细欣赏，当真是种浪费与亵渎。

我终于还是背着行囊，迈着轻盈的步伐踏上了这片滩涂。心中

第三章　霞浦·揣测失踪的流年

欣喜若狂，却还是尽量地抑制着自己，生怕会扰了这片天地本该有的宁静与安逸。

　　希望在这里能够收获情愫，才不辜负了此刻的别致。于是特意换上翩跹的白色纱裙，任由着长而宽大的裙摆在海风中飘动，想象着曾在一起看海听风的日子。仿如天使，抑或是无忧的孩童，怀揣着大大的梦想，迈着小小的步伐在风中追赶，追着追着，穿过春天的花、夏天的叶、秋天的风、冬天的飘雪……最终走进这个光影斑斓的世界。

　　然后会想起什么？

　　是的，我知道你会问我这样的一个问题。

　　然后会想起那个曾经爱过的人。

　　我会这样回答你，而且不想有丝毫的回避。如果小小如初懂得好好地把握，或者，今天便能一起相依看尽眼前的美景。可惜，这些仅仅只是想象，终究还是落空了。夕阳西下，面对

第三章 霞浦·揣测失踪的流年

着霞浦海域此刻波光粼粼的海面，很想冲着夕阳一通大喊："你好吗？你在吗？你听见我在呼唤着你的名字吗？你知道我想你吗……"

一段漠漠的年月流淌而过，一个人漠漠地沉沦在尘寰之中，风非风花非花身边有许许多多的人与自己擦肩而过，却从未曾真正地稍作停留过，唯有青春的记忆与印象始终固执地在脑海中胶着痴缠。

或者那句话说得没错："记忆始终是个牢笼，唯有印象，才是牢笼之外的辽阔天空。"

很想问一声："霞浦，你是谁命中的牢笼，你又是谁梦中的辽阔天空？"

旅途之中，偶然与同行的一位中年男人相识。男人话语不多，每到一个景点都举着单反不停地拍摄，而且偶尔还会邀请同行的游人帮他拍照，可奇怪的是，每一次拍照，他都会事先在自己的身边预留出一个空位，好像空气中还有某一个隐形的人在与他合影一般。

终于，男人的怪异举动，还是引来了其他人的窃窃私语。胆小的人竟然还用类似于讲灵异故事的腔调来议论男人的行为举止。而开朗的人则会大笑说："这明明就是电影《泰囧》里边的情节嘛！"

可每次我都在人群之中保持沉默。不知为何，总觉得男人微皱的眉头之中，深锁着某一段未曾为人所知的往事。

直到一天，一队人前往北岐的小山上拍摄照片的时候，男人再次请我帮忙为他在一块篆刻着"来日方长"的石碑前拍一张依然预留了空位的"合照"之后，才拍了拍石碑重重地叹了一口气说："来

第三章 霞浦·揣测失踪的流年

日方长，只可惜阿雪再也没有明天了！"

　　他原本是一位商人，在商界混得风生水起颇为成功。功成名就的那些年月里，他几乎天天在外头奔忙劳碌，各种各样的交际，各种各样的应酬，每天不到夜深、未曾酩酊大醉是绝对不可能回家的。常年在家里，都只有贤惠雅静的妻子阿雪在大力操劳，在夜深人静的时候默默地为他等门，直到最后阿雪被查出得了血癌，回天乏术、红消香断。

　　这时的他才想起这些年来自己对于妻子的疏忽，他才想起当初新婚之际，妻子曾经说过希望在经济宽裕的时候，丈夫能带着自己

到处走走，看看美好的河流山川……

　　这些年来，男人一直胸怀大志打拼着，努力把生意做大一点，努力把钱赚多一点，占尽商机，原本以为来日方长，等赚到了自己觉得足够的钱了，就带着妻子一起去环游世界……孰料那个他发了誓要带着同游山河的女人会先他这么多年红颜未老便魂归天国，独留下他守着当初的誓约。

　　他伤心欲绝，终于狠下心来放下手中的事业与生意，一个人、一台单反、一个背包走遍万水千山，每到一个地方，他都会照很多很多留着空位的照片，在旅程结束的时候，利用电脑软件将妻子的照片小心翼翼地拼接到照片里边来，以慰藉天国中的妻子那未曾与自己同游的遗憾。

　　男人的故事终于让同行的所有人哽咽无言，他曾经的疏忽、如今的醒悟，他的深情与用心，让所有听到故事的旁人都在思考着一个问题：

　　假如生命明天结束，今天你会做什么？

　　沉沦在俗世琐事之中，钱财名利成为让你焦躁不安的原罪点。你感到自己心头压力繁重，你感到它们无时无刻不在压迫着你、折

第三章 霞浦·揣测失踪的流年

磨着你、摧残着你，然后，你的脚步开始变得沉重而急促，终究一路飞奔身不由己。

可是，你想过吗？你知道吗？

假如你的生命在明天结束，你今天为钱财名利所做的所有心甘情愿的、身不由己的奔忙、劳碌便会瞬间变得苍白脆弱、变得轻若鸿毛、变得浮夸似云……你抓不住，你带不走，徒留满腔遗憾，感叹自己终究辜负了良辰美景奈何天。

这天夜里，我失眠了。

整晚想着男人的故事，然后感叹、辗转反侧。

好不容易熬到了天色微亮，干脆起床穿衣，赶到了海边。

总听得游人赞叹霞浦的日出，与其他海岛的日出相比更添一番色彩斑斓的韵味。因此，满怀希望地赶到海边，想看看日出，再看看渔民在明媚的阳光下晾晒海带。

然而来到海滩，望见四周的一片浓浓大雾，我的心沉到了谷底。

果然他们说得一点都没错！这个季节，霞浦的日出很美，但这个季节却不太容易能够看到太阳！

眼前浓浓的大雾，让我忽然地一阵失落，骤然觉得刮在脸庞的海风有些冰冷，虽然风中裙摆依旧飘飞，但却没有心情去端详了，只是转身迈步，准备离开。但就在转身的一瞬间，忽然瞥见远远的海岸线东边的天幕之中，闪出一道明亮而温暖的霞光，紧接着，越来越亮、越来越亮……最后我看到了太阳！

迎着初升的太阳，眯起眼睛，感受一份温热。心底的阴霾随之一扫而光、豁然开朗。

人生在世，当真没有任何困难与忧伤可以彻底地摧毁你我的。

第三章　霞浦·揣测失踪的流年

就如梅花不经历苦寒，就没有一番扑鼻的沁香与韵味。

不经历风雨怎么见彩虹？假若你从来未受挫折、未经坎坷，不曾经历过望眼欲穿的守候以及肝肠寸断的煎熬，你就无法理解为何人们看到太阳升起之时那一份感慨万千的喜悦与欢欣！

整个上午我拿着相机在渔村之中流连，小心翼翼地记录着安逸渔村之中流逝的一点一滴的光影，包括村民们淳朴而开心的微笑。在村边的大榕树下闲坐下来，偶遇牵着老牛缓缓而来的老爷爷，老爷爷的身后，还紧跟着陪伴了一辈子的老伴。老奶奶脚步有些迟缓，一路走一路埋怨前方的老头子走路太快，害她老眼昏花好几次险些跌倒。

光影一束投射在他们的身上，触动心扉。这就是相濡以沫，古人常言的"只羡鸳鸯不羡仙"，不外于此。

我羡慕的笑容，引起了老奶奶的注意。见我是个外乡女子，老奶奶倒也十分热情。放下担子，吆喝了前头的老头子牵着老牛停下来，她自己便走了过来，坐在我的身边，用夹带着地方方言的普通话开始与我攀谈起来。

我忽然觉得自己竟是这样的幸福，与这对相伴了一辈子的夫妻聊聊家常、听他们讲述一个又一个陈旧得近乎长满绿苔的老故事。最终还因为投缘，老奶奶舍不得我离开，特意邀我至家中，吃上一顿她亲自下厨的农家饭。

果真是一日如同误入桃花源般的旅程。

原本以为自己早惯于大都市中追云逐月的生活，而如今，捧着那碗带着浓浓米香的清粥、尝着刚从菜园里摘出来的还带着露水的青菜，才明白心中要的生活竟是如此的简单。即便这一日的时光转瞬即逝，可短暂的光阴里又好似漫过了整个青春，包含了所有梦想。

第四章
周庄·沉沦旧梦的旖旎

江苏省昆山市和上海市交界处的江南水乡小镇周庄，一个建于1086年的古镇，春秋时吴王少子摇的封地。这里至今仍有些呢喃耳语在红尘中徘徊。

在微信里看到他带着新婚的妻去周庄度蜜月的照片。一瞬间，心里还是难免一阵酸楚。

当年，与他在一个闲暇的午后，躲在咖啡厅的落地玻璃窗内，看街边那些从葱郁大树的叶子缝隙间挤出来的细碎阳光。看着它们斑斑驳驳、大大方方地洒落在街边小道上，然后心有戚戚。

闲聊间，两个人的身体靠得越来越近，接着，我听见他开始喃喃地说起一座古老而温柔的江南小镇——周庄。

他说，周庄的水是柔的，柔得可以抚平心中所有的愤慨。

他说，周庄的天是软的，软得所有尘嚣杂念都不得不在这个地方消失无踪。

他说，周庄是一张嫩绿色的纱帐子，帐子之外，是素雅圣洁、令人向往的白月光；帐子之内，是殷红艳丽、引人遐想的胭脂痕。

他说，周庄是一樽简朴淡雅的青花瓷，瓷瓶之中，有白玫瑰的纯洁，有红玫瑰的娇媚。

他说，假若有一日娶妻，他定要带着她走遍周庄的每一座小

第四章　周庄·沉沦旧梦的旖旎

桥……

彼时,周庄便深深刻在我的心中。向往这个地方,希望有那么一天,自己披一头温柔长发,着一身白色纱裙,撑一把紫色油伞,挽一个俊逸男子,甜蜜且恩爱地走过周庄的每一座小桥。

终于,踏上周庄的小路,细数着一块又一块的青石板,品味着它们身上扛着的某段烟尘旧事。一切景致如画,但却终究不是臆想之中的那般桥段。

多少往事,已难追忆。几许旧梦,随风而逝。

他终于踏上周庄的小桥,带着他新婚的娇柔的妻。

我终于踏上周庄的小桥,但孑然一身,仅是想追寻他遗留在风中,曾经熟稔的气息。

河畔桥边,有一棵棵随风摇曳的杨柳低低垂头。它们是在吟唱着吴侬小调吗?

像千百年前那位迎风伫立在船头,等着吴王少子游前来赴约的袅袅女子。嬛嬛一袅,青丝缭绕,无限等待,无限旖旎,也禁不住心生惋叹，久久不见良人，唯有将心事托付在婉转的歌喉之中，让它伴着风声悠扬。

绵绵的柳絮在周庄的天空上方飘飞，款款落在船头，落在青石板上，落在行人的发际间，亦落在我单薄而消瘦的肩头。

轻轻将柳絮取下，依依的思绪袭上心头，想问一句柳絮儿是不是已经厌倦了漂泊，只希望有个厚重的肩膀可作自己漫漫尘寰路上的依托？

柳絮儿终究是希望我能将它永远地带走吧？

梦想固然是好的，只可惜我亦是一个漂泊在路上的女子，红尘风霜扑打在脸庞的轮廓线上，行色匆匆，又如何能赋予柳絮一个温暖且安逸的港湾呢？

吴树依依吴水流，吴中舟楫好夷游。

坐在古老的木船之中，不知同船谁人随口吟出了这样的一句诗句。

低头凝望，只有一湾又一湾默默的流水，衬着落花向远方荡去。

第四章　周庄·沉沦旧梦的旖旎

仿如一朵绛紫的睡莲在水的怀抱中沉沉睡去，做一个历经沧桑却又古朴的江南旧梦。而一只又一只穿梭的木船偶尔在水中相遇，匆匆一瞬，却渗透着某种关于相逢的情愫。

我乘坐的这一艘老木船船尾搭着一块深蓝色的碎花布，因为久经风霜与日晒的缘故，这块蓝色花布已经显得有些残旧了，但这丝毫没有影响它的韵味，褪去的色调，反倒无声地衬托出它绚烂的曾经。

这就是所谓的"乌篷船"吧？

我问在船的另一边摇橹的船娘。

但兴许是声音太小的缘故，船娘并没有及时作答，却用悠悠的声线缓缓清唱起我听不懂的歌曲。

骤然感觉水中这艘古老的木船仿佛不再古老,只是被那根被船娘摆动着的大橹仍然在沿着河中古老的轨迹前行罢了。

千年的时光好似立时凝结了,叫人分不清此时此刻身在何处,唯知道,天天年年圈圈圆圆,圆圆圈圈年年天天,与点点雨丝缠绕难分,时光至此翩然而逝,仍是江南好时光,却不是杨柳岸边旧时人。

木船顺水而行,一座又一座的古桥从头上掠过,渐渐红了眼眶。是不是这一座又一座石桥之上,都有过他和她甜蜜走过的足印?

景致是极好的,只可惜我从水上经过,注定与之永远地错过。

擦肩而过却无缘相聚的遗憾,仿佛会了呼吸,有了生命,与我随行,蔓延折磨。

一路行走,总是爱在心中做诸多的假设。譬如每一座城池之中,都有一个极为隐秘的地方,里头藏着一些梦想与秘密。因为这些原因的存在,所以总有诸多的城池被人们反反复复地惦记、回忆、迷恋。

比如三毛在周庄留下了一段快乐的时光,她曾将梦想埋藏在这里，因此周庄是她梦中依恋的故乡。只不过红颜匆匆而逝、香消玉殒，徒留一座城、一个梦、一场缅怀、一段哀伤。

唯剩迷楼依旧孤独地伫立在原地。或许它也在回忆吧？回忆当年那些关于风花雪月的诗词歌赋，回忆当年那些意气风发的文人墨客。

茶香扑鼻，墨韵悠悠，是否还记得彼一时的谈志抒怀试与天比高？是否还记得彼一时的楼下水巷中缓缓荡漾的微微波澜？

在迷楼的门外驻足，抬头，仰望。脑海之中诸多与"迷楼"名字相关的诗赋就不断地涌了上来。

"红尘十里扬州过，更上迷楼一借山。"

"裙繰禹穴千年茧，镜拥迷楼万朵花。"

当然知晓，这样唯美曼妙的诗句说的，并非眼前的这一座建筑，甚至诗句之中所谓的"迷楼"究竟在历史上存不存在至今都仍是未解之谜，但这又有什么关系呢？

红尘万丈，本来就是一个让人沉迷不息的场所。那么多的精灵、神仙甚至凡夫俗子，都纷纷不约而同地在人间迷了路。谁又可以幸免呢？

在红尘中轮回不息，谁又能够做到从来不对自己曾经走过的道路、做过的事情、爱过的人感到困惑、迟疑、犹豫甚至踟蹰不前呢？

只是如上种种，在眼前水岸边上安静如处子般的小镇之中便统统化作水中的落花，悠然而去了。

再然后，河道之中偶尔出现一群大嗓门的鸭子，摇摇摆摆，大大咧咧地叫个不停。它们倒也是不怕人的，匆匆的游人在它们的眼中毫无半点分量，纵然时常能在旅人的手中得到丰盛可口的食物，但是也仅是如此罢了。在鸭子的眼中，每一个旅人都是相同的生物，它们与他们仅仅只有擦肩而过的一饭之缘罢了。

有那么一瞬间，恍惚觉得眼前的景致在时光的经纶里轻轻一转就回到了九百年前。

依然是如此的建筑，或者少了些许的人烟。男子在黄昏之时坐在堂前檐下品一茗淡绿色的茶，缓缓的归船摇桨的声音传至他的耳畔。归船入港，惊扰起水中游来游去的鸭子，鸭子许是愠怒了，选择朝着木船叫嚷个不停以示抗议。而鸭子的吵嚷声，又惊动临河待

第四章 周庄·沉沦旧梦的旖旎

字闺中的小姐,她依依地从绣楼里推开窗户,娇羞地遥望,看看入岸的归船之上,是否有她喜欢的男子、丝绸、瓷器、胭脂、水粉……

春风拂来,撩动小姐窗旁边的垂柳,袅袅的绿意漫向悠悠的河水。然后,品茶的男子与临窗眺望的女子瞬间进入彼此的眼帘……

再后来月亮无声地升上了天空。

周庄一夜,月光如镜,散散淡淡地洒落在石桥、流水、屋檐、垂柳之上。大树深处,偶尔有鸟儿鸣叫,呢喃婉转的声音在青石板的小路、临河的古楼建筑之间来回荡漾。

石桥道道、流水潺潺;剥落的墙壁、斑驳的木板门统统都是演绎古老故事最好的道具。

忽然一阵檀香香气袭来,心头一份淡淡的释然。某一段的往昔我们断然是再也回不去的了,既然如此将它苦苦地藏着、掖着又有什么用呢?不如趁着这个月夜,伴着这阵清风,让它随风飘远,湮没在漫漫红尘。

只要在某年某日某一刻,你忽然想起生命之中曾有我留下的一段足印,就足够了。

或许，是该结束周庄的这段旅程了。因为懂得，自己早该将所有的思念深藏在青石板的底层，让思念埋藏千年，构一个旖旎的梦境。

　　就这样吧……

　　别了，周庄。

　　别了，思念。

第五章
坝上·爱上天使的童话

"坝上"其实是一个地理名词,而非是特定所指的某一个地点。笼统地解释"坝上"是指河北省向内蒙古高原过渡的地带。具体一点地详解,包括张家口市的张北县、康保县、尚义县、沽源县、察北管理区、塞北管理区及承德市的围场满族蒙古族自治县、丰宁满族自治县。这些由草原陡然升高而形成的地带,因气候和植被的原因形成了草甸式草原。这片土地总是如此的神奇而美丽,因为这里曾留下某个男子与某个女子走过的足迹。

遇到安，是在去坝上的路上。

他恰好与我同路，搭着一个有些脏、有些破旧的牛仔背包。一脸的胡茬，一头及耳凌乱的头发，一双旧皮鞋，一条有破洞的牛仔裤……这一切混搭在一起，看上去的确有些邋遢，但是唯独一双褐色的眸子，夹杂着某些沉淀的情绪，让我对他有了几许的好感。

靠近这个男人，就像靠近某一段故事。

心里我这样对自己说。

安，是我私底下对他的称呼。

一直爱给身边的每个人起一个简单的名字。比如"简"、"睿"、"宁"、"麦"、"苓"……尽管我知道他们的名字并非如此。

初见他的时候，他坐在月台的座椅上抽着烟，行李随意地放在地板上。我恰好走过去，坐在他身边。那时，恰巧听到他深深地叹了一口气，又把含在嘴里的烟雾悉数吐向本来就有些混浊的空气中。

第五章 坝上·爱上天使的童话

第五章 坝上·爱上天使的童话

尼古丁的味道立刻让我感到特别的难受,忍不住咳嗽了起来,他察觉我的异样,也明白其中原因,于是向我报以一个歉意的笑……

"你去坝上,是为了祭奠什么呢?"

星夜,在晃荡的铁皮车厢中,安坐在我的对面,用低沉的声线问我。

"祭奠?"

第一次听到有人把旅行当成"祭奠",讶异了。反问。

"人的一生,说长不长,说短不短,但是总有些旧人旧事旧记忆,是必须祭奠的。"

安转头,望向一片漆黑的窗外:"比如我。我去坝上就是为了祭奠。"

"我不是,我去坝上,是为了遗忘……"

我听见自己的声音有些落魄地作答。

"看来,'祭奠'与'遗忘'是两个意思截然相反的词汇。"

我听见安继续低沉地回应我。

再然后,是一阵沉默。

"你要祭奠的是什么?"

"你要遗忘的是什么?"

再然后,两个人几乎是同时间地发问。

果然,"祭奠"与"遗忘"是两个意思截然相反的词汇,但是彼此之间又有某些共同之处,或许这就是"异极相吸"的原理吧?

"这几年,我都会来坝上。这个地方,对于我,有某种说不清的感觉。既像家,又明明生出排斥,而远离了这里,我又会格外地怀念。"

我发现,每当触及某一个点,安都会很主动地陷入回忆,然后他眼神中那些未曾明朗的情绪就流露出来了。我不知道这对于他来说,究竟是好是坏?因为轻易陷于回忆中的人,往往感受到的痛苦

第五章　坝上·爱上天使的童话

要比快乐多得多。

"初春、仲夏、深秋……这些年我选择在每一个不同的季节来到这里，年年如是又年年不同。坝上，从来没有一次给过我相同的回忆，关于它的美以及它的宁静，还有我必须要在这里进行的一场祭奠。当然，这一次是最后一次了，或许以后我再也不会再重回坝上了。因为我发现回忆再美，彼此的青春却始终脆弱得敌不过一场爱情。"

安说着，眼中的情绪渐渐转化为决绝，又缓缓化为一池春水，春水之中还有圈圈不尽的涟漪。

"海边礁石之上，有个以记忆尘封的漂流瓶，尚未曾远行，便已经搁浅……"忽然想起另一个他曾说过的话。心瞬间也沉到了谷底。

忽然渴望听安讲述那个关于"祭奠"的故事。我发现自己竟然如此的可笑，明明答应自己跋山涉水是为了将这个纷扰世间所有的爱恨遗忘。而这一刻，竟然又固执地让自己沉溺在别人的爱情故事之中。

是的，我知道，安要祭奠的与爱情有关。

遇见，在青春的途中
066

第五章　坝上·爱上天使的童话

"每一个人的初恋，都是最值得祭奠的！"

后来长长的一宿，依然是在前行的铁皮车厢里，安的胡茬、淡淡的烟草味道以及他略带沙哑的声线还是如同梦魇一般将我拉入回忆的深渊。

唯一必须区别的是，安的回忆与我无关。

安说，大一的时候，他爱上了同班的夏谷。

夏谷是个美丽的女孩，但也是一个不会轻易爱上某一个人的女孩。

夏谷告诉安，她相信自己的一生终归是要飞扬的。像天上的飞鸟，注定一生漂泊，停止之时，就是生命终结之日。像枝头的绿叶，绿意盎然却始终等待着秋天来临的时刻。因为秋天一来，绿叶枯萎、干燥，终究变得很轻、很轻，最后从枝头坠落下来，再随着秋风飞向很远、很远的地方。

因为怀抱着飞扬的梦想，夏谷拒绝了很多男孩的追求，其中也包括安。

第五章 坝上·爱上天使的童话

她不想为任何一个人而停留。

当然，夏谷的冷漠，并不能止住安对她的向往，反而让他更加地热烈起来。他觉得夏谷身上有种魔咒，吸引着他，而他愿意为此奉上自己的一切热情。

安对夏谷的追求日渐激烈，他会跑到她宿舍楼下弹吉他、唱情歌，他会给她写长长的情诗，他为她亲手折了九百九十九只千纸鹤、九百九十九颗幸运星……

或许是千纸鹤与愿望星发挥了神奇力量的缘故吧，那一天，安终于在校门边上的樱花树下欣喜若狂地将夏谷拥在怀中。

回忆到这里，安依旧激动无比，他说那一刻心潮汹涌、澎湃激动，竟然好像要将自己的胸口生生撕裂一般。他恨不得将自己融化在夏谷的身躯之中，因为这样一来，他就能永远地和她在一起了。

之后的秋天，安和夏谷便一起踏上了来坝上的旅程。

草原山丘上的草并不长，一寸一寸的像稚气孩童头上的短发。因为季节干燥的缘故，缺少水分的草失去春夏季绿油油的颜色，它用自己暂时的枯荣来换取明年春来的盎然生机。只有个别有水流过的地方，那里的小草才会染上与众不同的绿色，但也是黄一簇绿一簇地生长着，给宽阔的原野抹上了另一抹颜色。安与夏谷就在这样辽阔的草原之上肢体交缠、紧紧相拥，原始的自由，让他们忘却了所有的拘束。

一洼一洼的水特别的清澈，像一面又一面的镜子，无须擦拭，便能完整地映照出人的容貌，夏谷拉着安坐在水边，递过一把木梳，要他临水为自己梳头，长长的发丝与木梳纠缠，仿佛缠绕就将是一生一世。而水镜无声，只是安静地记取下这一刻美好的一幕，即便是以后她与他彼此都遗忘了，但却永远铭记在这片土地的记忆之中。

那时的他们总爱在草原之上抬头，仰望着明净的天空，偶尔一只苍鹰傲慢地从空中飞过，总能让夏谷感叹不已，她说，她向往天空，她又想起自己的梦想，在明净的天空之中像鸟儿一样自由地翱翔……

牧民赶着成群结队的牛羊在草原上徘徊，肥美的草是它们的最爱，因为彼此心中都蕴含着满足，所以秋天的塞外总是在牛羊慵懒满足的脚步声与牧民满怀喜悦的笑靥中显得格外的富饶与安详。

地里头芝麻与麦子也在这个时节成熟了，一穗一穗饱满成熟，金黄的色泽诱人遐想。安在地里头帮夏谷写生，仅是片刻的工夫，

第五章 坝上·爱上天使的童话

夏谷的青春笑容与身后饱满的麦穗成为了最绝美的搭配。

再接着,天就暗下来了,眼看着月亮在远远的地平线上升起来,星空绚烂,星斗明明灭灭、闪闪烁烁,草原之上陷入安静,夏谷躺在安的身边,闭上眼睛凝听着宇宙的声音以及身边安的呼吸声……

"我真的很想从此一辈子生活在那个苍莽的地方,和夏谷一起,因为我知道那是一个可以生长出浪漫的地方,然后我与她的爱情便能得到永恒。"

车厢中,安最后用这句话作为结语,结束了他与夏谷之间爱情故事的回忆。然后,他累了,终于沉沉地睡去。

昏暗的车厢中只剩下我一个人思绪万千,怎么都难以入眠。

火车进站鸣笛的声响将我从睡梦中吵醒,翻开车窗的帘子,望见眼前一番别样的景致,骤然由心中激起一份激动。

坝上,我来了。

对着车窗我开心地嚷嚷起来,引得同车的人们也跟着起哄。这趟车厢里头的很多人都和我一样,为坝上的风景传说所吸引而不辞千里来到这个地方，如今长途跋涉到了目的地，自然也免不了一番的兴奋的。

除了对面，靠着车窗，满眼空洞的安。

踏上坝上的土地，我决定与安同行。不管这个男人身上背负着怎样的怀念与爱情，不管这个男人身上有怎样的过往与故事。他于我，始终有种难以言说的魔力。

当然，我分不清这究竟是怎样的一种含义。

但此刻我宁愿什么人也不想，也不怀念任何过去，甚至可以放掉一切丝丝缕缕的难以割舍的纠缠，跟着前方这个穿着破旧牛仔裤背着背包的陌生男人的脚步走远。

或许这就是所谓的简单吧，我想。

当你我历经坎坷之后，简单往往也是一种幸福，收获幸福仅仅只是一念之间。

坐了半天的车，在车上忽然觉得困了，随性地打了个盹，一觉醒来却发现自己已经到了离现实 500 公里外的地方了。

第五章　坝上·爱上天使的童话

被安轻轻地叫醒，跟着他进了事先预订好的宾馆，安排好各自的房间之后，喝完安为我冲好的一杯热腾腾的牛奶，带上干粮便再次出发了。

然后我终于亲眼看见了梦中的景象，马头琴的声音伴随着马蹄声声声交错，所谓"天苍苍，野茫茫，风吹草低见牛羊"的寥廓景象竟是如此地徜徉，无拘无束。

因为秋天，所以大草原上草黄了，叶落了，本该是个凄美的落叶时刻，但心中却是充满期许的，因为知道此刻告别，却是对来年勃勃生机的期待！

奔跑在大草原的天地之间，我忽然放开拘束地笑了起来。

一直到安凝视着我，说了声："你真的很像夏谷……"

"安，你的记忆可以暂时放开夏谷吗？"

安带着我走入月亮湖湖岸深处的时候，望着他的背影，我心里突然有个这样的问题热烈地交织着，我很想这样问，但是话到嘴边又被重重地压了下去。

虽然已经是下午，但脚踩在软软的草地上，似乎还是感觉到草尖上沾染着的潮湿的水汽，好像走在厚厚的地毯上一般。

不远处，忽然飞出好几只黑色的大鸟，它们显然因为我们的到来而显得有些惊慌，匆匆忙忙地从树上拍翼而飞，冲向天空，又在天空上心有不甘地声声鸣叫、打圈徘徊。

到底是我与安的到来，让它们受了惊吓，只能吐了吐舌头，向着它们盘旋的方向说了声："Sorry，打扰你们了……"

抬头望见一栋红屋顶的房子，矗立在黄黄绿绿又辽阔无边的大草原上，红色显得格外暖心。

忽然心就荡漾起来了，忽然就不想离开这个地方了，若是能和自己所爱的男人一辈子住在这个地方，一辈子在萧瑟的秋风中并排站在一起，相依相伴，看草原从绿色变成黄色再从黄色变成绿色，看成群结队的牛羊年复一年地从房子前面走过，看徘徊不息的鸟儿自由地在蓝色的天幕中翱翔，这何尝不是一种洒脱的幸福？

"你知道吗？夏谷说过，这辈子假若有天不再向往飞翔，她就会选择在这里停留下来，建一栋红色的小房子，陪我一起看日出、看日落、看牛羊、看草原、看飞鸟、弹马头琴……"

第五章　坝上·爱上天使的童话

身边一直静默的安轻轻地说道……

我转头看向他，突然看见眼前有一抹晶莹闪过，但我分不清这晶莹属于安还是属于我……

青山绿树之中，环抱着七个小湖，远远望去，排列如天上北斗，因为这样，七个小湖被叫作"七星湖"。

到达这里已经是下午五点了，太阳正在一点儿一点儿地西斜，金色的余晖几乎把七星湖涂抹成为一个油画的世界。

是蓝天映衬的缘故吧，还是另有其他的原因，此时的湖水是紫蓝色的，闪烁着一种让人情迷心醉的色彩。太阳在洁白的云朵里进进出出，明明暗暗，使得有时候湖水半湖明亮半湖暗紫，与最远处金黄色的白桦林相映，恍惚来到了一个童话的世界。

斜阳之下，是一种叫"假鼠妇草"的植物在无忧无虑地生长，显然这里便是它们的天堂，除了湖岸上寥落零星的几棵白杨树之外，剩下的几乎清一色都是这种草。

不要因为它的名字而对它起了不好的印象。至少它们顽强的生命力，是让人极度佩服的。它们密密麻麻地拥抱在湖水之中，簇拥地站立着，像紧紧相拥的情人一般摇曳着身姿，仿佛世界上没有任何的力量能将它们彼此分开。面对四季变换，它们格外地从容，它们彰显自己的美丽，哪怕深秋过后便是隆冬，哪怕茂盛过后便是颓败。

时间仿佛停止了。

坐在湖边，陶醉在紫色湖水的梦幻世界中，听偶尔从草丛深处传来几声鸟鸣，刚刚好的安详和静谧。

安叫我沉淀自己，摒弃所有的杂念，坐着，安静地等待日落，看晚霞终究映红天际的美丽一瞬间。

安叫我闭上眼睛，感受从脸上拂过的风。温柔是唯一可以用来形容的词汇，衣袂飘扬的裙摆，终将翻飞出一个怎样的回忆？而这时，几只野鸭从水草深处游了出来，与水草、湖水凝固成为一个画面。

我转过头，看见安望着湖面发呆，我知道波光粼粼的湖面又勾起了他脑海中不期而至的记忆。或许他想起了夏谷的乌黑的长发吧？或许也是在这个湖边他吻过她吧？就像我们总会在某个地方记住某个人微笑的酒窝一样，有生之年，相逢，交错，回忆，缠绕，如同

第五章 坝上·爱上天使的童话

流年铭刻在掌纹之间无法幸免……

　　离开坝上那天的晨曦,安用淡蓝色的信纸给我写了一封很长很长的信。

　　信中继续说到了夏谷,说到了他们之间的爱情,说到了我……

　　安说,初见我,在火车月台上,我咳嗽皱眉的样子特别像夏谷。

　　安说,对我,他其实是心动过的,只是他知道这一生他放不开的永远只有夏谷。

　　安还告诉我,大学毕业后,夏谷报名应征终究如愿当上了一名可以整天翱翔在蓝天中的空姐,但两年之后的一次空难事故,夏谷却再也没有醒过来……

　　安在信中问我,相不相信这世界上存在着一种穿越时空的可能性?他说他自己是相信的,或者说他宁愿作这样一个美好的遐想。

　　因为他愿意开心地想象夏谷穿越到了某个时空、某个朝代,做个古代绝色女子,额前贴花黄,颦眉复展颜。

遇见，在青春的途中
078

能这样的活，该多好？

　　没有尘世的繁杂，没有伤心、悲戚、哀伤、挂念。即便你终会想起，那也是前世旧人身，想也罢，不想亦枉然。

　　安说，夏谷在无边无际的天空之中终于找到了她遗失的翅膀，于是她又回到了天堂，做一个整日飞翔的天使。

　　我握着这封长长的信笺，心却忽然变得哀伤起来。因为我知道安一直活在自己编构的童话之中，可是他却不知道，这个世界上，

第五章 坝上·爱上天使的童话

童话总是虚幻的，再怎么美好，也敌不过现实的残酷。就如我们经过了现实的洗礼之后，都知道王子的唯一不一定是公主，森林的尽头不一定便是城堡或糖果屋。

尽管我们总喜欢看很多很多的童话、神话，从小到大都会幻想自己便是生活在传说或者童话中的一位精灵，到处有爱、温暖与关怀，到处是真挚的欢声笑语，彼此之间没有猜疑、费解，只有心与心之间的信任和真诚。

然而，我们却也知道，再如何美妙的想法都是要被粉碎的，神话，只能存在于古朴老人苍老的记忆中，而童话，早已成为无数的彩色单行本，放置于书店安静的角落里，等着无忧的孩童再次将它带回家中，安置于书柜的一角，等待无数个无尽的星光午夜。

从什么时候开始，我们走进了一个没有童话，没有传说的世界？从什么时候开始，我们经过一番痛彻的教训之后，才不得不承认天真的人啊，总是相信所谓的誓言，却不懂得分辨它的真假，所以总是受伤害，总是流眼泪？

在安的童话世界中，夏谷是他永恒眷恋的天使，他因此而爱上她。

可是在我的眼中，天使是有缺点的，她来去匆匆，却仍旧不忘自私地带走别人的思念与爱情，占据着别人的心房，让他一辈子空不出一丁点儿的位置来装下别人。

对于我。

对于安。

对于夏谷。

爱上一个天使的缺点，竟是这样的疼痛与深刻。

第六章
云南·传说遗落的梦幻

彩云之南,梦生成的地方。这里的一山、一水、一人、一花、一树、一鸟都是最纯真的天籁。

云南，上帝遗留的调色板。

一路行走。

寻找一个叫作"小倩"的女孩。

听她唱一首叫作《红蔷薇》的歌。

听她用清冷的声线唱："一朵好美好美的红蔷薇，只恨老天不作美。被摘去花蕾，被摘去花蕊，可悲送人做玫瑰……"

听完，忽然一阵子的恍惚。醒来之后，未免感叹：旧梦幽幽独不见老时光。

知道吗？在大研古镇的墙角边上，长着一簇草，绿色在草尖上跳舞，然后无声地蔓延开去，等到你回过神来的时候，再重新凝视，却发现在草尖上跳舞的绿色不止一簇，而是洋洋洒洒的一整片。

知道吗？在大研古镇的树杈之中，住着几对小鸟，婉转的鸣叫声传来，然后开始渲染开去，等到你回过神来的时候，再仔细倾听，却发现满树满树的鸟儿都在唱歌，它们用自己喉间的音符，传递着来自天籁的音符。

知道吗？在大研古镇的群山之中，环抱着层叠的屋角，古老的木房子蜿蜒在小路边上，陪伴着每天来这里的纳西族老人，老人脸上的褶皱、手中的烟袋、悠闲的眼神……这一切都是一幅极美的构图。构图之中阐述着流水无声，阐述着落叶有情，阐述着沧海桑田，阐述着暖玉生烟。

画作主色调确定了——绿色！

然后黄昏的余晖漫上来，将古城拥在怀中，金色余晖将绿色镶上金边，温柔无比，令人陶醉。

在初春的季节，穿一袭白色长裙，披一件牛仔外套，配一双褐色皮鞋，穿过五彩石铺砌的大街，迈上一座腼腆的石桥，绕过喧闹的店铺，穿梭在老房子林立的幽暗街道，细数招摇的弱柳伫立在水

边,看着流水从它的脚边绕过,忽然一瞬间,冲动地觉得自己该要把鞋子脱掉,打着赤脚在风中无拘无束地奔跑,让自己长长的头发掠过丽江老人手中的鸟笼,看他悠闲地眯着眼睛,打着瞌睡,然后听见笼中的鸟儿在为他唧啾不停,心中升起疑问,是不是笼中的鸟儿,便是老人前世的情人,为了还他一世情缘,今生不惜化身为鸟,在他的晚年伴着他同迎日出,同看夕阳?

四方街是古镇的中心,别想在这里找到熙攘的人群,别想在这里找到任何的雕像以及纪念碑,这里只有晶莹的水光,在微风中荡漾开去……

举起镜头搜索角度拍照,一个金发的异国少年在镜头之中朝我微笑致意,看看他身边的行李,不觉莞尔,这少年身处异国,倒也分外洒脱,当街选了个自己喜欢的位置,打开睡袋,铺好行李,

就等待着夕阳降临的时刻,他可以随意地钻入睡袋之中肆意地舒展而眠。

无拘无束,也是一种享受。

在画坊胡同里转了半天,琳琅满目的纳西特色让我瞬时变成一个贪婪的孩童,眼前满是自己爱不释手的玩物,明明知道无法悉数收入囊中,却又彷徨在"鱼与熊掌不可兼得"的两难境界之中。

就在这时,一位叫"阿西"的年轻男子出现在我身边了。他见

第六章　云南·传说遗落的梦幻

我在货摊前面犹豫不决，脸上立时笑开了花。

我知道像我这样彷徨的顾客，他定然是看多了，所以觉得世人均有他无法理解的地方吧。

阿西没有给我细细思考这个问题的时间，他邀请我坐下来，拿出一件崭新雪白的文化衫，拿出五颜六色的调色盒，为我在文化衫上画下一只斑斓翩跹的蝴蝶。

雪白的布料，展翅的蝴蝶，未干的颜料……骤然有种奇妙的感觉，或许手中的蝴蝶刚刚才破茧而出吧？所以身上的彩虹未干，只能暂时憩息在这方洁白的衣裳之上，晾开双翅，等待着身上的色彩被风干凝固之后，便可以翩然地飞入天幕之中。

我向阿西致谢，并询问自己该付的价钱，但却被阿西挥手制止了。

阿西说，他有一位和我差不多年纪的姐姐，前年嫁到了岭南之地，路途遥远，所以没法常常回到大研。他与姐姐感情笃好，经年不见，总是特别地挂念。而今天看到了我，忽然觉得感觉亲切熟稔，所以这件衣裳他决意要相送于我，以纪念今天这个相似的遇见。

临离开的时候，阿西还告诉我，他的姐姐就叫作"云蝶"。

你所知道的云南古镇是哪些呢？

我知道这个时候你多数会闭眼开始细数：大理、丽江、束河……

是的，我们总是在自己的历程、在别人的游记之中知道上面这些镇子的名字，慢慢地，即便是人们没有去过这些地方，都觉得这些名字分外地熟悉。可是，你知道吗，在那个离我们很遥远、很遥远的西南边陲的某一个坐标点上，在火山和热海之间的某一个位置上，有一条悠远的茶马古道，古道之上至今弥漫着清脆的叮当铃声在苍天古树的掩映之下，延伸至遥遥的天边。

古道的出现，让那个美丽而和谐的镇子暴露了踪迹。于是，它轻轻地褪去面纱，露出它别样美丽的容颜。它有一个安好而温馨的名字——和顺。

总觉得和顺像一个摇篮，摇着流浪游子疲惫的身躯，让一颗悸动的心房渐渐平静下来，一瞬之间，你感觉自己竟然在这里放下了所有的疲惫，心安逸得好像从来就不曾远行过一般。

置身和顺的城中，抬头眺望，发现这里四周的火山竟然是没有

第六章　云南·传说遗落的梦幻

顶峰的。脚下的流水从你的身边经过，在翠绿色的田野之中蜿蜒，带着你的视线一直向前方延伸，直到你看见一整个村子坐北朝南地排列在山坡上边，高高低低的房子排列得分外整齐。

每天清晨，我都爱游走在村口的古石拱桥上，看着桥面的石缝之中不时蹿出来的点点青苔。这些看似微小的植物却蕴含着你无法想象的生命力，它们就这么执着又温柔地占据着石缝，用一抹绿痕，纪念着流光的往昔。

桥的另一头，是一排排用高黎贡山最坚硬的石头砌成的石屋。它的刚性与桥下孱弱的流水交相应对，像一对呢喃的情侣，每日里相依相偎，细诉着说不尽的情话。

心目之中，一直向往着遇见某一位和顺的男子，感应他身上向往自由的天性，这样的男子，潇洒而大气，沉稳而冷静，因为他出生于茶马古道，所以他坚信自己的一生都会跟随马蹄嗒嗒的声响走向远方，踏上遥远而未知的旅途，哪怕前方荆棘满布，哪怕前方风雨交加。

若真是让我遇见这样的一位男子，我会虔诚地请求他暂时停下执着的脚步，与我作一席的闲谈。我当要问他家中可有思念他的女子？榕树之下，可有那位依依等待着他归程的伊人？

然而一整个早晨在街巷上徘徊，我未遇到流浪的男子，唯独有赭黑色的石板路相伴。三条或五条的石板相互拼接，蜿蜒向前，一直到一座又一座的宅院出现在我的眼前。

宅院是经历过沧桑的，所以每一座都格外古朴，每一座都是一件精美的艺术品，总是在某一个最不经意的角落里赋予游人最为意外的惊喜。

信步走近其中一间，推开一扇虚掩的木门，吱呀一声之后便见一位满头白发的老爷爷坐在院子中间的茶几旁边。见有客人前来，老爷爷十分高兴，热情地招呼我进去坐坐，顺手递上他刚刚泡出来的普洱茶。

普洱茶茶色浓浓，黏稠而甘

第六章 云南·传说遗落的梦幻

甜,仿佛是用岁月的泉水冲泡而出的,悠悠在茶色之上飘飞的烟气,轻而易举地便把人的思绪凝固在某一个古老的时空。

老墙上挂着的老钟在嘀嘀嗒嗒地响个不停,如今它每天陪伴着老爷爷回忆着旧时的种种。

阁楼转角处停放着安静慈祥的脚踏式缝纫机,它用自己的方式纪念着那位曾经用它缝纫出好多件美丽衣裳的老奶奶。

老屋之中,裹着报纸的玻璃灯罩沾染了灰尘,却依旧安静地伫立在窗台上边,翘首凝望着窗外的世界,一切依旧,只是却再也不是从前的样子。

兴许是寂寞人久的缘故,见我的到来,老爷爷格外地高兴,他侃侃而谈,说了很多很多的故事,那些关于

他自己，关于他早逝的老伴，关于和顺镇，关于他曾经的大家族，也关于茶马古道的故事……

望着老爷爷安逸慈祥的笑容，听着老爷爷平静幸福的语调，喝着老爷爷浓而甘甜的普洱茶，心头忽然升腾的，是一种穿越时空、置身古时的感觉。

或许这个古老的小镇，我的前世是来到过的，可能那时是一个烟雨飘摇的春日，我穿着蜡染的布衣，将一朵娇艳的花插在鬓边，倚在河边依依的杨柳树旁，看着岸边萋萋的芳草，身旁是碧波荡漾的池塘，满池塘中藏着含苞待放的荷花，徐风迎面扑来芬芳的清香……

我，始终安静地站在池边，等待着你的来到。

荷，依旧妩媚地绽放在水池之中，与我遥遥相对。

荷塘之中千朵万朵的荷花啊，总是让我心神荡漾，心中向往。若是能变成一只翩跹的蜻蜓，颤巍巍地屹立在荷花尖上，该是多么美好的一件事情呢？

一阵风吹来，池塘中的荷花仿佛看穿了我的心事，纷纷不约而

第六章　云南·传说遗落的梦幻

同地摇曳点头。

　　有个古老的传说，说每一朵牡丹花的下面，都藏着一个幽怨女子的精魂。是不是这满池塘的荷花之中，同样也有这么一位美丽的女子存在呢？

　　女子在荷花之中潜心地等待，等待男子姗姗而来。

　　或者你与我是曾许下约定的吧？

　　说是每一年夏天来临，荷花盛开的季节，都要带着我来这片荷塘赏荷的。如今，荷花已经如期地盛开了，会不会只剩我一人孤身等待呢？

　　满池绽放的花朵，迎着太阳显露着妩媚，从来都是如此的从容。

　　佛曰："人生在世如身处荆棘之中，心不动，人不妄动，不动则不伤；如心动则人妄动，伤其身痛其骨，于是体会到世间诸般痛苦！"虽已满身淤泥，但此刻仍愿做莲一朵，告以所有人知晓……

　　此刻是不是夏荷在用它自己的方式告诫我，与其思念，不如归去呢？

在难以割舍、无法强求的尘世挣扎之中,以沉默作为休止符往往将是最好的结局。

想到这里,抬头,仿佛已见满池的荷花映入眼帘……再然后,妩媚的笑靥绽放在我的脸庞……

第七章
塔川·红叶飘飞的时候

塔川村，又名塔上，坐落在黟县桃花源旅游景点，宏村到木坑竹海景点途中，距宏村仅2公里，去塔川，寻找红叶漫天飞舞的时刻，片片叶脉，总能勾起心头无尽的思念。挂念在心中酝酿，寻一个红叶飘飞的时候。

依旧记得，曾经有位少年对我说，要寄满满一包裹的红叶给我做书签。

他说，他会在叶子最红艳的季节到深山里去为我收集，再将它们小心翼翼地制作成不会褪色的书签邮寄给我。

而我，知道这样一种举动背后的动力，却又苦于自己的无能为力，所以只能婉约地致谢，拒绝了少年的好意。

只是经年过去了，如今偶尔还是会想起曾经的这位少年以及他手中那些无法寄出的红枫叶。

于是，那抹红，印染在脑海之中，时时刻刻引诱着我，去寻找它的轨迹。

这样热烈的思念一直伴随着我，走进塔川。

"塔川"，乍听到这个名字，你会在脑海里做一番什么样的描绘呢？

会不会因为它坐落在安徽，再加上它的名字而让你很自然地便联想到了诸多林立的徽派风格的古塔呢？如果你真的这么想，那你

第七章　塔川·红叶飘飞的时候
097

就彻底地错了。

黄山余脉下的这一个寂寥的小村庄里,根本没有任何一座塔的存在。

当你走进塔川的时候,只会看到水塘雾色,只会看到蓝盈盈的水塘如同一颗蓝宝石般镶嵌在大山之中。每当薄雾缭绕的时刻,垂柳和民居便会配合着大山,为你建构一座如同在云端般的宫阙,而你置身其间,不难会想起很美很美的一个句子:"漫步在云端。"

描述上面这段话的时候,某人在旁边做了一个鬼脸,报以一个很不屑的笑容以示对我的讽刺。

又继续质问,既然"塔川"无塔,那么它的名字又是怎么得来的呢?

其实背倚层叠的黄山余脉,与奇墅水库遥遥相邻,古朴的民居便这样依着山势错落而建,在很远的地方望过去,就好像一座镶嵌在山边的巨型宝塔一般,小村之中,还有一条清溪穿过,像玉带一般一直流向奇墅,所以便有了"塔川"这样的一个名字。

前往塔川的一路上,心里一直惦念着少年曾对我介绍过的生

第七章　塔川·红叶飘飞的时候

长在村口的三棵百年大树，所以一下车，便匆匆地赶往它们所在的地点。

尽管我不知道它们的名字是什么，可是当某一刻驻足凝目的时候，那些斑驳的树干悠然而立，像历经沧桑的老人在讲述着漫长的过往；粗壮的树根裸露在地表之上，像一双坚毅的大手，支撑着遮天的巨伞，让村中的孩童在伞下无忧地玩耍，无论是在严冬还是盛夏……仰望着它们，你的心中会油然升腾起一种敬意，一种对大自然由衷的敬意，一种对生命的钦佩，正是这样一种执着，才让生命变得更加的厚重。

塔川村中，放眼望去，随处可见田埂阡陌纵横交错，其中偶尔点缀着几头悠闲的水牛在田地间吃草；几座古老的水车在水渠里咿咿呀呀不温不火地转着，再陪衬上掩映在田边树林子里头隐约可见、高低不一的民居，然后是远处山峦起伏，山中填充着斑斓各色的色彩，当你站在小山坡上将整幅景色尽收眼底的时候，你会讶异自己究竟是不是不小心误入了陶渊明笔下的世外桃源？你会怀疑当你再一次踏出村子之时，会不会发现山中才一日，而世间却已过了千年之久？

秋天，是来塔川最好的季节。因为塔川的秋色总是能随着时间的长短推移而变换出不同的色彩来，让你一整个秋天里接触的色彩

第七章 塔川·红叶飘飞的时候

不仅仅是金色或者黄色或者红色，而是色彩斑斓、变幻莫测。这一切的秘密所在，是生长在山脚下那片方圆上千亩的土地上的几千株乌桕古树。

总是说一千棵树有一千种形状的叶子，一千种形状的叶子有一千种不同的脉络，而这些脉络的分布，又能为一千棵树变换出不同的色彩来。

乌桕树有一片又一片心形的叶子。每当霜降前后，树叶便开始出现层层不同的变化。从青转黄、从黄变红。而每一棵树变换的步伐又是各自不尽相同的，所以你往往能从一棵树上同时看到金黄的、橘黄的、浅绿的、橙红的等不同颜色。

记住，是这么多种的颜色同时看到的哦！据村中的老人介绍，若是你赶上清晨时分有雾霭笼罩，你还能够领略到层林尽染、红叶碧瓦、老树苍天的浪漫意境。

在乌桕树林间穿梭，像个精灵一般地游荡、走动。抬头看许久不见的蔚蓝天空，寻觅树叶之间存留的一些新鲜的绿色，由衷感觉四季其实从来都未曾更替，只是流光易逝，轻而易举地便在你我疏漏的指缝之间流走罢了。

乌桕枝头上那些年迈的叶子啊，在风中袅娜地舞动着，然后像蝴蝶蜕变一般慢慢地在灿烂的阳光之中变作半透明的金黄色。

　　索性像顽劣的孩童一般，固执地一股脑躺在了铺满落叶的地上，感受落叶将地面铺陈得如此的温暖。如果可以的话，你还能带上一本委婉旖旎的书籍，安静地坐在秋风之中，让秋风拂过长长的发梢，然后用温柔的声线，开始轻声地朗读书中深深浅浅、悠悠柔柔的句子，阅读秋天用它的独特的笔端书写出来的诗篇。

　　笑意开始蔓延。

　　玩性大起时，索性一脚重重地踩在厚厚的落叶上头，再一脚高高扬起，让落叶再次凌空飘起，悠悠坠落，如同枯叶蝶在舞蹈一般。

　　正在因此而扬扬得意的时刻，忽然发现另一棵乌桕树脚有一双圆溜溜的大眼睛在一旁打量着我。原来一只从村里头跑出来溜达的小狗，在林子间偶然遇见我，见我撒欢，又因为我是个陌生人，便赶紧躲在了树边，半带好奇与戒心地细细打量我一番。

　　向来都知道在皖南深山里林深木秀，向来都知道徽州民居古韵隽永，可是却从来没有想到过，塔川的秋色可以美如画中。

第七章　塔川·红叶飘飞的时候

走在山林之间，突然来了兴致，于是学着古时诗人摇头晃脑地吟诵起古诗来："停车坐爱枫林晚，霜叶红于二月花。"

这一番行程，同行的友人都在议论，说是我在塔川此行之中，笑容多了，言谈也多了。

此刻，我站在深山之中，对着山脚下的村庄微笑。

心中有些话，只想对这座古朴的小镇说。

亲爱的塔川，你知道吗？这个红叶飘飞的时候，我站在这里，对你悄然一笑，这将是一路风尘之中最意外的惊喜。

亲爱的塔川，你知道吗？总憧憬着在别处的旅行，从来不爱一成不变的风景。所以，请允许我期待在另一个油菜花开的季节再一次走进你的心扉。那时，我与你相约。小楼一夜听春雨……

很快，一段旅程又将结束了，临出村口的时候，不由得依依不舍地回望。回望红叶飘飞中的沧桑古树，回望绿苔斑驳的马头墙。怀念低吟的老水车，怀念悠闲自在的老水牛，以及一棵又一棵绚烂的乌桕树……

漫山飘舞的红叶似乎也通了灵性,在秋风中飞舞,作依依眷恋的送别。

在红叶飘飞的时候,我终于知道,世间有种情感,叫作——"眷恋"。

第八章
汕头·碎念漫步的街角

　　汕头,位于广东省东部,韩江三角洲南端,素有"岭东门户、华南要冲"、"海滨邹鲁、美食之乡"的美称。这座悠闲的小城,还有一个别样的名字,叫作"鮀城",于是,后来有位叫作"业青"的女子在这座城中拍下了一部叫作《鱼和它之恋》的电影。

写这篇文字的时候，恰逢 2014 年 2 月 14 日。今天恰好是中国的"元宵节"与西方的"情人节"交叠的日子。两个来自不同国度但却意义相同的、关于"爱情"的节日。我躲在广东省的一座小城——"汕头"之中。

今天，我所在的城市格外寒冷，话说如今已是初春时分，但天气依旧冷得人瑟瑟发抖。

七度，对于见惯白雪皑皑的北方的人们来说，七度实在是个算不上寒冷的气温。但在南方，七度的冷还包括着阴湿。

太阳已经彻底失踪了。它躲在厚厚的云层后头，过着自己想过的生活。兴许它此时此刻是快乐的吧？但是这一份快乐好似与我无关。

推开窗门，一阵彻骨的风不请自来。屋子里，到处充斥着冰冷的寒意，带着湿度的冰冷。我好像置身一个堆满冰块的仓库中，冰块在释放寒冷的同时，也释放着那些湿漉漉的水汽。

街道上，到处都是过节的气氛。花束、灯笼、餐厅情人套餐的广告，琳琅满目，倒也热闹非凡。但心里却依旧是一片空落落的感觉。躲在悄无声息的房子里，与一只小猫为伴，不说话，不思念，就连手机都调成了无声。然后感觉，这不就是我向往的"黑屋子"时间吗？

一直很希望能找到一段不流逝的时间，然后持续多天地将手机关闭，或者将手机调至静音，找一个隐蔽的场所将自己藏起来，与外界隔绝，想躲多久就多久。

　　等到某日自己厌倦了，烦了腻了这种生活，再重新从黑屋子里走出来，看看周围世界是否就此而改变。

　　那时将拿出手机，开机，一条一条仔细地查看来电记录或者短信，看看到底有谁在寻不见我的日子里反反复复地拨打我的电话，向我发一条又一条的短信以作寻找。

　　可以预期，依旧还是会发现些毫无意义的电话的。它们往往并不是为了寻找到我，而仅仅只是出于各自的原因，满足自己的愿望罢了。

　　道理其实明晰，真正需要寻找到我的人，一定会用尽一切的办法来寻找的，届时不管我将是在天涯或海角。

　　只是回过头来，心中凄然，这个世界呀，并不一定存在非找不可、非做不可或无法失去的人或事。

　　因此，我们常常从各种各样的渠道中听见各种各样的人物在诉说自己痛失了最爱的某一个人或者某一件物品。因为再怎么难忘、

第八章 汕头·碎念漫步的街角

再怎么不舍，时间总是有办法慢慢销蚀你的印象、记忆，直到你心中的概念面目全非、烟消云散。

午后，决意要出去走走，流落街角，被一家掩藏在树荫深处的主题餐厅所吸引。一个人在餐厅的落地玻璃窗前站了很久很久。很是留恋，却始终没有走进去的念头。

不是这家餐厅的品位我不喜欢，而是觉得自己一人，形单影只，孤单得连走进门去都有让人觉得诧异的嫌疑。

从来不喜欢孤单一个人，却偏偏从来就是孤单一个人。孤单到四处张灯结彩的春节街头都可以渗出眼泪来。

所以，繁华的城市之中，我永远是一个人配上匆忙的脚步走过一条又一条的街道，没有停留，不曾放松。

我用这种方式抗拒所谓的孤单。

至今还会想起三年前总爱写的一句话："蝉，蛰伏于地底，等待着羽化，等待着再一次抬翼而飞。"

蝉的一生总在蜕变，蜕去一个又一个的外壳，换来一次又一次的新生。

蝉将旧躯壳遗留在夏日绿意盎然的树梢上,然后远走高飞,毫不留恋。

如同人,对于自己的过往,人总是费尽心机地企图将其掩藏,好似那些过往单薄、丑陋、幼稚、荒唐、不成熟。心经历了这一切,所以自感羞耻,不曾留恋。

我离开餐厅的落地玻璃窗,在不远处的麦当劳买了一个汉堡,之后便背着帆布背包走开了。整个过程,点餐、付账、说感谢,不出四句话的工夫。

我对这样的交流沟通方式感到十分满意。因为向来是个不善言辞的女子,所以常常觉得心中有很多关于自己也关于他人的话语无从说起。这样的自己总是会带给旁人很多各种各样的误会与揣测吧?

关于我的工作、际遇、情感与爱好……

总说每个特立独行的女人都是有故事的,但是种种过往,都被埋藏了,如同蝉遗留在树梢上的旧躯壳。

第八章 汕头·碎念漫步的街角

谁也不知道曾有一段时间我沉沦过。曾对这样、那样的旁敲侧击介意过、敏感过。最后觉得自己像只刺猬,竖着尖刺,步步惊心。

现在,一个人路走多了,一个人风景看多了,回头细想也开始觉得自己当初大可不必如此介怀。要知道人的一生,总会带着一些不被别人知晓的秘密死去。这是生命的规则,谁都无法幸免。所以每一个人总是孤单的,又或是在孤独的身体或者灵魂中掩埋着一颗被称之为"秘密"的炸弹。谁都不应该鲁莽霸道地想要揪出这枚炸弹,小心一朝不慎粉身碎骨。

"一朝不慎,粉身碎骨!"

我坐在公园的木质长椅上,啃完了面包,再抿上一口冰镇的可乐。想起上面的短句,忽然笑了。

每次回到这座小城,都会在"悉岸咖啡厅"里待上很长很长的一段时间。尽管只是小小一间,却安静整洁。赶上个有阳光的午后,坐在明亮的玻璃窗旁边,捧一本书细细地读,偶尔累了,放下书本,看看窗子外面的菖蒲随风摇摆,是最舒服的一件事情了。又或者,可以在这里看上一两部老电影,怀念一段渐渐褪色的旧故事。

"凉风有信,秋月无边。思娇情绪好比度日如年……今日天各一方难见面,是以孤舟沉寂晚景凉天。你睇斜阳照住个对双飞燕,独倚篷窗思悄然……"

一曲《客途秋恨》道尽世间女子对爱情的贪恋、娇嗔、痴心、幽怨。

把这四个词语进行提炼缩写之后,便会成为这样的一个组合:"贪、嗔、痴、怨"。

人生在世,所有烦恼的症结,不外于此。所谓"无欲则刚",

第八章　汕头·碎念漫步的街角

人有了欲望，便会为欲望所控制，原本深藏、不想为人所知的软弱也就马上现形。

对于事物也好，对于感情也好，假设你不曾拥有过，便可泰然处之；可一旦曾经拥有，并且因此而得到了快乐，那么你想要的只会更多、更多，直到深深沉沦，无法自控。这便是"贪欲"。

贪而不得，便生出了"嗔"、形成了"怨"。

佛祖说人有八苦，生、老、病、死、怨憎会、爱别离、五阴炽盛、求不得。我等俗人，皆无例外。

唯有在因为这样那样的贪念产生而自觉痛苦时，不断告诫自己莫贪、莫嗔、莫痴、莫怨……

整个夜里，都窝在咖啡厅二楼的沙发上，看一部叫作《胭脂扣》的香港老电影。改编自李碧华的同名小说，梅艳芳、张国荣一对芳华绝代的男女，用尽他们的深情与功底演绎了妓女如花与纨绔子弟十二少的感情纠葛。

当年这部片子还未在香港上映，便先在台湾的金马奖夺得最佳女主角及最佳摄影。而 1988 年 1 月在香港上映的时候，又逢上梅艳芳的廿八场演唱会及乐坛颁奖典礼，令电影风头一时无二。

如花、十二少的感情，二三十年塘西的风貌，至今令人回味不止，即使梅艳芳小姐与张国荣先生早已魂归天国。

"我倚在奈何桥头日日夜夜盼你到来，与我一同饮下孟婆汤，然后带着3811一同投入轮回。"

如花爱着十二少，爱得痴狂热烈，爱得殉情而死，竟还能重返人间寻觅情郎。五十年的等待与坚持，阴曹地府未能隔断她对十二少的拳拳爱意，一缕芳魂甚至拒绝那碗可以助她忘却今生悲痛，奔往来世幸福的孟婆茶汤。为的，仅仅只是希望能与十二少在这一世记忆未曾消失之前再续前缘。

试问这种执着是怎样地望穿秋水，是怎样地在绝望中自欺欺人呢？难怪这么多年每逢与人提及这部戏的剧情，总有人在不停地揣测如花是怀着怎样的心情等了这半个世纪，于她似乎只是一句轻轻的感叹："五十年过去啦……他为什么没有死呢？"

现实终究是残酷的，再多的祈盼，再美好的愿望，再浓烈的爱意，都敌不过人性的自私与懦弱。

第八章 汕头·碎念漫步的街角

结局之处甚是令人唏嘘,当苦苦寻觅的如花把戴了五十三年的胭脂扣送还到潦倒不堪的十二少手中,了断前缘,潸然离去时,十二少颤颤巍巍地奔出,满带懊悔与无奈撕心裂肺哭号:"如花,如花,原谅我……"而如花却终究在自私的人性之前烟消云散。

情到深处,海誓山盟都觉得不够分量来证明对对方的爱意有多深厚、有多浓烈,只是,发一个誓言以表深情是不在话下的理所当然,但是我们往往忘记了在此之后要做到兑现承诺则是一件不容易也不简单的事情了。

总觉得十二少假使能够勇敢地面对爱情,面对承诺,面对生死,是不是这一段原本坎坷的感情就能因此而变得美满了呢?

只可惜千古文章总说得世间爱恨痴缠,但一朝面对真情,我们为什么就偏偏不能再勇敢、再坚强一点呢?

又或者,这世上,每个人都有属于自己的一段忧伤,都始终有自己过不去的一道坎儿。

譬如多年前,张爱玲对胡兰成说:"我也不会再爱别人,只能是凋谢了。"

一句话，"我也不会再爱别人了"说得如此的决绝。女人若不是感触至深，若不是心痛至极，谁能说出这样的话语呢？

她爱他，从来是毫无保留的。心中的感情，有几分便要毫无保留地奉献几分。从没想过，该给自己留出怎样的退路。

这样的女人，于爱情，当然是毋庸置疑的勇敢的。沉沦爱海，她永远只管付出不管收获。

时常想，假若今生做堂堂七尺男儿，身边拥有这样一个女子，该是何等幸福的一件美事呢？

只可惜，胡姓男子却偏偏不是这样的一种想法。

或许是他心中尚有莺莺燕燕、姹紫嫣红、吴侬软语的美梦尚未实现吧？

或许是他心中许她的情感从未曾深刻到只能为伊而生为伊而死的地步吧？

所以，她的深情反倒凸显出他的浅白，她的用心彰显出他自己都甚觉难堪的简陋。

第八章 汕头·碎念漫步的街角

怎会不知自己给不了她想要的"现世安稳"？

怎会不知自己给不了她想要的"岁月静好"？

既然无法负担，懦弱的男子自然要选择逃走的。

因此，他又在文字书写中为自己编织了自认为十分让人信服的借口，说她是极好的，兰心蕙质，漫步云端。

然而句子的背后，却是寒凉的。果敢敏锐的她，又怎会不知他作何样的想法？

只不过是不愿相信、不敢承认、不肯接受罢了。

本以为今生得遇良人，而沧桑过尽，才知道良人不过是镜中月、水中花。她无私付出，苦苦求索，他却永远将自己置身于灯火阑珊处，可望而不可即的境界。

爱之深刻，恨之透彻。

这一生，爱情的苦楚她是尝透了的，她自知认识风花雪月，自己都不会再爱了。

只能是凋谢，零落在尘埃之中。

从"悉岸"出来的时候，已经是深夜了。街道两旁暖黄色的街灯依旧亮着。一个人走在安静的街角，风轻轻地吹来，忽然呼吸到一阵别样的安宁。

夜了，我想我该进入梦乡了……

第九章
潮州·胭脂迟暮的依恋

潮州,韩江边上的一座古城。刺绣、陶瓷、木雕由这座古城产出,为世人所喜爱。这样一座城,除了它特有的历史文化底蕴之外,让我难舍的,终究是城中至今遗留在牌坊城门之间的胭脂韵味。

记得小时候,最让我自豪的事情莫过于每次有人问及"你是哪里人"的时候,所给出的答案:"我是潮州人!"

后来,慢慢长大了,知道这样一句"你是哪里人"更为规范的提问是:"你的籍贯?"而我则会回答:"籍贯,潮州。"

小小岁月,天真如厮,带着三分懵懂,七分简单。

只知道潮州是一个让人神往的地方,当你走进潮州古城,手捧着一张自绘的旅游地图,被上面纵横交错的路线所牵引,去看一株官兰青葱在墙角悠闲生长,去品味浓墨在红纸上飞扬的诗意;你走在长长的甲第巷,对白墙上挂着的画框指指点点,搜遍自己脑中的积累去辨认蕴藏在每一幅图画中的老故事,接着,你兴奋地辨认出"麻姑献寿"、"苏三起解"还有"苏武牧羊"!然后你禁不住好奇地用手指去摸摸那只憨态可掬的小羊羔,却反而沾了一指的水粉;你坐在载客三轮黄包车上,让健硕憨厚的车夫拉着你,在每一条街道上游走,细细研究房檐之上那些用嵌瓷拼出的金鱼、菊花、彩凤、游龙……

除此之外,潮州还有充满神话色彩的湘子桥、庄严古老的开元寺、浪漫旖旎的"凤凰时雨"、奔流不息的韩江水……所有的这一切让年幼的我向往无比。因此,明明是汕头出生的小孩,却偏偏要

第九章 潮州·胭脂迟暮的依恋

一而再，再而三地强调自己籍贯是个"潮州人"！

当然最大的原因还未曾说透，最让我向往潮州古城的原因是它既是我爸爸的出生地，同时它也是潮州戏的发源地，而且我家老爸就是一位地地道道的潮州戏演员！

小时候最渴望跟随爸爸到剧院里头去转上一圈，看大家把五颜六色的胭脂水粉浓浓地涂在脸上，穿上绣着牡丹蝴蝶的戏服，插上闪闪烁烁的步摇珠钗，配上一双斑斓绣鞋，甩开水袖，由弦索胡琴配合着，在大红幔布前方演上一出悲欢离合、爱恨缠绵的折子戏。

那时虽然只是极为短暂的一瞬间，可我已迷上了眼前绚丽缤纷的这一切。常常在某一个大人忙碌、无暇照看的午后，约上小表妹，躲在阁楼暗处，插满头的红花，戴一脖子的珠链，披一领花被单，咿咿呀呀地唱上一下午连自己都不知道是什么意思的台词歌赋……

小小孩童，根本不知道情为何物，却又清晰地明了，但凡故事，精彩之处肯定会有一位倾城聪慧的千金小姐和一位潇洒多才的翩翩书生。

这样的"好戏"，我和小表妹一演就是好多年。一直到后来，我读完初中，想去报考戏剧学校，却被老爸竭力地制止了。

老爸说，没经历过的人，永远不知道演员离乡背井、四海漂泊的辛酸，家里有他一个人漂泊流浪一辈子就够了，他是绝对不会让掌上明珠的我重蹈覆辙的！

我少女时代的梦想就这么生生地被截断了。至今我还常常想，假若当初不听老爸的安排，执意去当一名潮剧演员，那么今天我的人生又将会作怎样的改写呢？又会有怎么样的一番际遇呢？

但不管怎样，年少之时这样一个源于潮州古城的胭脂水粉色的梦想，一直深深扎根在心中，虽然已经永远无法实现了，但是仍旧会怀念、憧憬……

所以，这些年来，我每一年都要到潮州这座古城中住上几天。细细数落着挂在古榕树上串串的红灯笼，或祈福，或喜庆。走进开元寺去，佛光，檀香，膜拜，在安静清幽的长廊，听菩提声声，静默假想还原一千三百年前的悠远，顺着台阶之上青石浮雕的古意，款款走下，仿佛步步生莲。最后坐在长廊尽处看草丛中佛陀练功的石像，或品上一茗茶，再看上一本古韵浓浓的书。

安顿好一切之后，就在回廊的石椅上，一本《周庄》被信手翻开。接着开始为一句"送君者皆自崖而返，君自此远矣"的意境所伤怀。

第九章 潮州·胭脂迟暮的依恋

每每不敢触及这样的文字与意境,怕最终撩起心头沉沉的悲戚。

缘深而聚,缘浅而散,但诸多的依恋与难以舍弃的情感还是让人悲伤不已。

我是这样的一个人。

记得小时候,身为演员的父亲总是要背着行囊到各地演出,往往一走就会一两个月不见人。每每他要出发的日子,就是我最难熬的一刻。

眼泪自然是不能当着大人们的面流落的,因为母亲和奶奶总说,父亲出发的时刻定是要欢喜的,若是哭哭啼啼的,总让人觉得不妥。

于是,在父亲与家人面前,我便竭力地忍着泪水,只是僵着表情作乖巧的笑靥,安静地听着父亲的叮咛,说我要乖、要听话、要好好读书、要听母亲与奶奶的话……

父亲迈出大门之后,我便飞奔到阳台边上,遥遥望着他背着行囊远走的背影,然后泪流满面、泣不成声……

我还会将他临走时留下的烟头小心翼翼地用小木盒收藏起来。

那时的想法是：这是父亲临走留下的，若是他从此不回来了，我便会一辈子收藏直到我也消失的一刻。

如今，我已长大了，固然不需要再有年幼时收藏父亲烟头的稚气行为，但是却仍旧对身边的离别有着深深的抗拒感。

譬如，每逢春节，电视新闻与报纸之中都会有诸多关于异地情人在车站、机场大厅与月台上依依送别的报道。一看到这样的场景，我依然还是会喉头哽咽、眼眶渐红……

不想再被纷繁芜杂的情绪扰了游走的兴致，于是合上书本，信步迈出了开元寺的大门。

开元寺周围布满交错的小巷，绯红的九重葛花瓣撒落一地。中午时分谁家的老人在门口守候，谁家的阁楼上传来炒菜的油香，谁家的主妇在门口浆洗衣服，谁家的孩子在门口的木桌读书。置身这一切之中，忽然发现人和建筑，连缀起生活的琐碎，惬意而和谐地融合在一起，只有相依，没有离弃。知道吗？我如此喜欢这样的存在感，因为在潮州古城的小小巷道之中，我终于明白存在是知足最安心的栖居。

临近黄昏，到老戏院转了一圈。

第九章　潮州·胭脂迟暮的依恋

年月久远，戏院已经显得有些破旧了，斑驳的大门，长满苔藓的墙角，还有从戏院围墙内伸展出老树枝的几棵老树……

因为鲜有人至的缘故，这里再不见旧时的热闹非凡，只是与之相反的安静却更加衬托出它曾经的沧桑。

或许这便是被遗忘的无奈吧？旧时景物依旧，却不见旧时记忆，再难寻旧日好时光。

爸爸说，他对戏院是记忆犹新的。因为当时正值少年的他曾在这里拜师学戏，每日里在清晨吊嗓子练声，接着是一系列的基本功练习，再然后又是唱念做打齐来的排戏活动。一言一行、一语一笑加上戏服浓妆，他便成了另外的一个人，一个活在戏中的人。

戏院见证了他的青春，所以后来每次说起这么一个地方，他总是格外地津津乐道。而如今的我，总爱偶尔回到这个老地方来徘徊上一阵子，算是一种怀念吧。怀念爸爸曾经的青春，也怀念自己心底那个没能实现的演员之梦。

见四下里无人，一时兴起便在戏院旁边的空地上按着回忆摆开架势，捻起兰花指，唱上两句少时学会的潮剧唱段。忽然之间觉得自己好像找回了前生的记忆。

我觉得我的前生一定是位痴迷于戏的戏子。一生粉黛，一生入戏，从少年到迟暮。然后这一份痴迷延续到今生，虽不是戏子，却永远在心底有份难以割舍的向往。或许这便是所谓"轮回的记忆"吧。

知道吗？一直以来，我就特别在意关于"前世今生"轮回的传说。

在《石头记》的传说中，绛珠草因为欠下了神瑛侍者的眼泪，而投胎入了红尘，用一生的泪水来偿还贾宝玉的一生痴嗔。

在《秦俑》的传说中，冬儿因为"不死之药"而与御前侍卫缱绻三生。

在《佛经》里说过，轮回是存在的，今世你是一个人，但由于因果的报应，下世也许你就是一头猪，或者是一只猫，更甚者是一只老鼠或一条虫了。

席慕蓉也在《七里香》里说过："为了今生与你相遇，我已在佛前一直求了三百年……"

多年来，一直喜欢这样的签名：

"狐，孤独地飞奔在万丈尘寰，脸上是满满的风霜，眼里是漠

第九章　潮州·胭脂迟暮的依恋

漠的冷淡。看尽轮回似梦幻，任由白雪染足尖。"

　　我总在想，我终归不是今生一世的我吧？安静女子，流连红尘，想想其实自己也只是六道轮回中的匆匆过客罢了。

　　逝去的点点时光是如此空泛的，它深幽邃远，引无数人随之而遐想。让人苦恼的，还是如今的今生今世，我究竟是谁？

　　我或许是肩头停靠着一只被雨淋湿翅膀的寂寞蝴蝶的女子，热切期待生命中的姹紫嫣红，而最终却又为注定无法更改的命运而黯然神伤……

　　我或许是唐朝蹙额的舞姬，头顶着粉色芙蓉，在清幽翠绿的紫竹林中，在盈盈的丝竹声里，广袖轻舒，不住漫舞，直至香汗淋漓，与满园花香揉成一地。可惜，却始终等不到君王的垂赏，在独舞空庭的绝色中细细品味"蜻蜓飞上玉搔头"的孤独……

　　然而，一梦醒来，才知我只是个珍爱文字的安静女人，拼命不停地让笔尖在纸上飞舞，只为让自己心中编撰的故事能永远地存在十字里行间……于是，悄悄告诉自己，好好地过完今世，直至最终带着来生的憧憬进入下一个不变的永恒，下一次轮回，我依旧愿意手持珠笔写更多的故事……

"喂,大主角,你的戏该唱完了吧?我的肚子都演了好几出啦!"

陶醉在自己的碎碎念中,却忘了旁边有个结伴同行的闺密。她被我晾在一边好久,都有些不耐烦了,嘟囔着朝我抗议。

不得已收拾心头所有关于梦想与轮回的臆想,回到现实中来,挽住她的胳膊朝路另一边的餐馆走去。

一路走着,不忘悄悄回头,望着渐渐淡出视线的老戏院,暗自在心中与之依依道别。

胭脂,迟暮,总有难说的遐想在心头……

第十章
张壁·千年风霜的感叹

张壁古堡位于介休市城区东南 10 公里龙凤乡张壁村，背靠绵山，面对绿野。在这样一个淳朴且未经正式开发的村落行走，确实别有一番滋味在心头。

踏进张壁的一刻，感觉极为讶异。

未曾来过这个地方，只知一路旅程之中看遍风景、海滩、绿树、花丛……看遍那么多、那么多美丽的城市村落，却从未想过，张壁竟然如此直接地赋予游人一种另类的感观，因为这里不见依依杨柳、姹紫嫣红、九转回廊、潺潺流水，这里却有古堡地道、宫殿庙宇、军事宗教、民俗历史。这里是一个你一走进来，就再也忘不掉的神秘城堡式古老村落。

一直希望看各种各样千奇百怪的猎奇探秘小说，可是当自己真的置身于张壁这一座明堡暗道、神秘氛围的境地之中，那种震撼，假若你未曾去过，便永远无法体会。因为这样的境地，总会让人触动脑海中某根想象的神经。而深藏在地底下的军事遗址，又会让人不由自主、无法自控地联想到生死别离。

那些早已在 1380 年前就存在的古堡地底下，纵横交错的 5000 米地道，俨然是一个遥远而陌生的迷宫。

是否就在 1380 年前的某一个深夜，战火纷飞，刀光剑影，谁家的儿郎行走在这个迷宫之中，在昏黄死寂的灯光下面出生入死，饱经磨难呢？

第十章 张壁·千年风霜的感叹

他最终可能再见清晨的阳光？他最终可能安然地全身而退？他最终可能告老还乡，与等候了他一辈子的妻儿团圆相聚？还是他终究战死在诡异的古堡之中，遗留下肉身在年月沧桑之中腐烂，徒留森森白骨，徒留家中妻儿对他作一世永无再见之日的思念，甚至他连名字都来不及留下，他连临死前的遗言都无法被记录下来？因为就连这座复杂交纵、恢宏气派的古堡，工程如此庞大都在史料上找不到丝毫的记载，更何况是区区的一兵一卒？

但或许对他来说，死亡未必是痛苦的。最痛苦的是就在他双眼闭上的一刹那，所有的梦想、思念、爱恋、牵挂都将在一瞬间粉碎，从此永坠黑暗，而后那漫长岁月中的绝望，才是最折煞人的噩梦。

到张壁的这一天，天气阴郁，太阳躲在厚不透光的云层后面，选择在如此的天色，置身这样一座神秘的古堡之前，难免让人感到些许忐忑。

经同行的前辈详细地介绍，才知道"天上有28星宿照耀天下，地上有张壁古堡辉映星空"的真正含义，原来对应着角、亢、氐、房、心、尾、箕、斗、牛、女、虚、危、室、壁、奎、娄、胃、昴、毕、觜、参、井、鬼、柳、星、张、翼、轸的所在位置，张壁古堡便是按照星座图修建着水井、寺庙、角楼、戏台、房屋、街道，栽种着柳树，掩藏着古墓。

站在制高点上远远遥望一南一北两座不在同一条中轴线上，互不能相望见的城门；在堡内一条用红色石块砌成的"龙脊街"两侧，错落有致地修建着五大神庙建筑群；古堡顺塬势建造，南高北低。北面，有三条深沟向下延伸；南面，有三条向外的通道；西面为窑湾沟，峭壁陡坡，深达数十丈；东面则有沟堑阻隔……这才领略什么叫作"易守难攻，退进有路"。

古堡所有路口都是丁字，没有十字，还保留着中国多数古城均已消失的隋唐城市遗存的"里坊"。在龙街与几条小巷的丁字巷口游走，看保存至今的巷门，那是各个"里坊"唯一的出口。而当巷门关闭之后，各个里坊就成为相对封闭的堡中之堡，里坊之间既可各自为战，又可相互呼应，果然是一套完好的内部防御体系。

种种线索，都无不在讲述着当年战事的残酷。

士兵们在这个战场之上迷了心智，红了双眼，用血写下了一篇恢宏又惨烈的篇章。篇章之中，殊途同归、阴阳陌路，大大的格局终归酝酿出一场疯狂，一场最后的疯狂。疯狂得舍生忘死，疯狂得黑白不分，疯狂得葬送了自己。

只是当初的人们忘记了，如此之大的代价，依旧不能改变任何的一点一滴，不能改变乱世的烽火连天，不能改变注定没有结局的

第十章　张壁·千年风霜的感叹

爱情。

是不是每一场战役之前,他们都会喝酒?喝得酩酊烂醉?醉得连感觉生命都不再真实?醉得麻木,又在麻木之中剥夺了生命,葬送了自己?

当然,在烽火连天的世界中,真实和不真实都统统没有区别了。一切注定发生,冲突、杀戮、死亡、失败、胜利、暗淡、落幕。

这个结局注定不可更改,一切如此地现实而无奈。

在早已作古的历史中,战士、红颜已成枯骨,再多的曾经、思念、丰功、伟绩、胜利、失败,也只剩一句奈何。

乍然一想,少时读过的两句截然不同的诗句,竟可以重新组合在一起,成为在张壁这个地方最真实的感悟。

那就是:

"凭君莫话封侯事,一将功成万骨枯。"

"良辰美景奈何天,赏心乐事谁家院?"

从张壁回来的当天晚上,一个人躺在旅馆的睡床上面,不知为何心总不能平静,或许仍旧沉浸在那些关于战火、斗争、死亡、别离、思念的见闻和传说之中。

然后灵光乍现,一个关于死亡与思念的故事便开始在脑海之中生成和演绎。后来我用了大半个夜晚的时间,将它记录在笔记本上。一直没有向任何人说起,倒是爱听故事的闺密 小C 知道了,不止一次地要求我讲出来给她听。因为忙碌的缘故,一直没法完成她的心愿。这一次便借这篇文字的机缘,附上这个故事。

多年以后,白发苍苍的麦终于站在苓的坟前,手心中的那本日记灼热依旧,一滴老泪落下,穿透了时空。

原来,苓是如此珍爱自己的。

原来,多年以前负气地离开,竟是苓别有用心的一场演出。

"你怎么能这样做,让我恨了你这么多年?"

麦对着苓冷冷的墓碑,悲戚地问。

"我只能如此,亲爱的麦。我只能如此。因为我爱你。"

苓在坟墓之中深情地凝望着麦,无声地作答。

"爱?离开我,这算是爱?你忘了你的誓言?你答应我要一直陪我到 80 岁!"

麦反驳。

"我一直没有遗忘我的誓言,我多么渴望,你能一直陪我到老死的那一天。你,可以让我冰天雪地的世界瞬间繁花似锦……"

苓继续无声地回答,此刻,她多么想伸手轻轻抚摸麦两鬓的白霜。

"狡辩!一切都是谎言!因为一句无心的话语,你可以任性地离去,甚至断绝了所有的消息。"

麦冷冷地说。

"是的,我选择了离开,只是你应该相信我的心里,却一直在这样地牵挂你。"

苓安静地看着麦,她看到他那双宽大的手掌,她多么想把自己白皙的小手温柔地安放在他的手中。

"你知道，你离开以后，我有多么地伤悲吗？"

麦的眼中满是怨恨，恨不得用双手扒开苓坟墓上黑色的泥土，让她的容颜再次呈现在自己的面前。

"亲爱的，你老了，银白的发，蔓延的皱纹……"

苓空荡荡的眼眶中流出虚无的泪滴。

"是的，我老了，你终于嫌弃我的苍老了。"

麦无奈地苦笑。

"不，我亲爱的麦，我多想停留在你的怀中，陪着你，数头上的白发，看额头的皱纹。我多么想与你一遍又一遍地亲吻、一次又一次地爱着，因为和你慢慢地变老是最幸福的事，因为和你在一起做因为爱而做的事情，是多么的甜蜜。"

苓的眼前不再是黑暗的泥土，不停闪现的，是多年前与麦一起共度的时光。

第十章　张壁·千年风霜的感叹

"天长地久有时尽，此恨绵绵无绝期。你怎么可以不顾我对你的爱？"

麦坐了下来，将头靠在苓大理石的墓碑上，他希望可以再次嗅到苓宜人的香水味。

"天长地久有时尽，此恨绵绵无绝期。这句话，是咒语，牢刻在我的心里、脑海中，我怎么会不知道你是多么地爱我呢？只是你我的距离，今生注定只能遥遥相隔……"

苓在墓碑的底下继续回答。

"废话！"

麦低吼着，却忍不住伸手抚摸着苓冰冷的墓碑。

"麦……"

苓看着麦的手渗出血迹，好不心疼，如果可以，她会毫不犹豫地将他的双手暖在怀中。

"离开我的时候，你可曾心疼？"

麦执着地追问。

"每一次,你们与我不期而遇,我或许勇敢地迎着你的目光,笑靥如花。我或许呆立在原地、躲在街角,然后目送你们离开。"

苓轻叹。

"那是一种什么样的感觉?"

麦不肯就此罢休。

"我不知道,更不敢去想,只是每一次转身的瞬间,都有一颗泪珠掉落。"

苓那早已枯萎的长发,被泥土里的蜷蚁拖动。它们想用它去修建自己的蚁穴。它们不知道的是,这头长长而柔软的秀发,曾经是麦的最爱,他最喜欢抚摸着它,将它们一簇一簇轻轻附着在苓那鲜艳欲滴的唇瓣上。

"眼泪?为了什么?"

麦坐直了身子,望着墓碑上端正的楷体:"苓之墓"。

第十章　张壁·千年风霜的感叹

"为我自己，为自己的坚持，但更为你的幸福。"

苓平静地说。

"我的幸福？"

麦疑惑。

"亲爱的，你是我的春天。可是你永远没有想过的却是，我的出现，将让你繁花似锦的世界变得冰天雪地。"

苓那副安葬在坟墓深处的、腐烂得只剩下枯骨的身体开始有了血液流动的感觉，渐渐地苓幽冥之中露出一丝温暖的微笑。

公元 2013 年 9 月，苓与倾慕许久的麦相爱。灼热似火的爱，让他们忘了彼此的婚姻。

公元 2016 年 9 月，为了麦的幸福，苓含着悲戚与无奈远走他乡，从此没有任何消息。

60 年后……

公元 2076 年 9 月，麦的孙子意外地在异地的墓园中发现了一个名为"苓"的女子的墓碑。荒废的墓碑无人看管，只有一个年老的看墓人怀抱着一本名为《苓的秘密》的日记，安静地守候着一个名为"麦"的男子的到来……

故事讲完了，小 C 表示有些离题。和她想象中的故事情节完全不一样。她说，既然是在张壁写的故事，为什么又丝毫找不到与张壁相关的故事情节呢？这个问题，我想了很久，却始终没有作答。

有时候没有答案的答案要比匆忙地作个说明来得更加深邃……

从来是个不喜欢轻易剖析自己的女子……

第十一章
西湖·若如初见的祈愿

　　杭州西湖,人间天堂。西湖之妙,在于湖裏山中,山屏湖外。西湖之美,在于晴中见潋滟,雨中显空蒙,雨雪晴阴皆是美景。从古时到今时,有太多的人向往西湖的美景,有太多、太多的文人墨客在这个美丽的地方留下过无数赞美的诗篇。我也向往西湖,除了这里优美如画的景致,更重要的原因,还是那座记载着白蛇与许宣爱情传说的"雷峰塔"。

憧憬西湖的旅程,是因为想到雷峰塔前去缅怀一番白素贞的爱情遭遇。

雷峰塔,白蛇,以及人生若只如初见。

原来,世间许多神话经不起推敲,正如许多爱情只做稍微一点改变,便失去了原本的真诚。

当一个憧憬了多年的神话在转瞬间破落粉碎之后,我们该拿些什么来祭奠那段高高在上、为之仰望的曾经呢?

是蛰伏于某个幽暗且潮湿的夜,独自舔舐淌血的伤口,还是勇敢向前,继续追寻另一个色彩纷呈的梦?

哀伤吧、逃避吧,兴许你会这样说。

只是哀伤了、逃避了,接下来又该如何呢?

人生在世,要背负的太多太多了,我们甚至来不及喘息便为之沉沦。

在某个慵懒的午后,读安意如的《雷峰塔》。记下了开篇的这

第十一章　西湖·若如初见的祈愿

段文字：

> 雨什么时候开始下，
> 空气清冷。
> 西湖水静静地流，
> 雷峰塔的余晖，
> 何时照上了断桥。
> 人间最俊美的少年，
> 擎着伞，经过桥上。
> 温柔多情的蛇妖，眼波轻扬，拂过他的脸庞。
> 她设下情网捕获他，未料真正被捕获的那个，是她。

丧失了千年修行的白蛇，却始终未曾知晓自己爱上的，是虚伪、无情且懦弱的一个许宣！

当一个人对另一个人情到深处，连她自己都失去了，恨也柔弱，委曲求全。她始终没有想到，她爱他如此，却终要被他的一己私心所出卖。

西子湖畔，草长莺飞，流光匆匆，又有谁记起断桥边上、雷峰塔下，被压着的那个多情女人？

只是，当白蛇在雷峰塔底闭目时，她又会不会想起当年初遇时他那低头、撑伞、不多言的模样？她又会不会记起他眼眸中藏着的淡淡忧郁？她会不会后悔当初执了意孤注一掷，一千年道行，换得一朝同船共渡？

如安曾说过的那句话："若，人生若只如初见，多好。"

在沉思最浓的时刻突然下起雨来。飘飘摇摇的雨，从天空中洒落下来，淋湿了季节，淋湿了绿柳，淋湿了春花，淋湿了清风，淋湿了湖水，更淋湿了传说。

沿着堤岸边上的小路缓缓地行走，身边总有翠绿色的垂柳拂面而过。忍不住伸手去触摸它们。任这些深深浅浅、层层叠叠的绿色在朦胧的雨雾之中，将一切映衬得更加的诗意而深刻。

雷峰塔渐渐在雨雾之中淡出了我的视线，走了很长的一段路，心却仍旧沉浸在白蛇与许仙的爱情故事之中，无法平静。

也许堕入红尘的女子，碰到自认为是的爱情，往往总是会变得特别妥协、自觉无法取舍吧？

非但凡人如是，就连白蛇这位修炼了千年的精灵也无法幸免。

第十一章　西湖·若如初见的祈愿

你懂得取舍一段感情吗？取舍一段感情是会痛的吧？

只是痛也好、不痛也罢，某个时候当感情跌入谷底时，纵然有再多不舍，也只能不得已而为之。

忘记一个人该是不易的吧？整个过程如同酷刑，切肉剔骨，足以让人死去活来。

只是再如何都好，当情感伤逝，脆弱得如风中残烛之时，假如某一个人的割舍能成就一段完美的话，纵有再多不舍，也只是惘然。

折服于历史中崔莺莺的决绝。当看透元稹的虚伪情感之后，她终究选择了沉默，他传递于她的所谓流言、评论，在她的世界里统统被屏蔽、删除、过滤，宛如她的世界他不曾存在过一般。

经历了爱情便如经历了生活，认识了男人也便认识了自己。这就是一个人为爱情付出之后的所得。

兴许爱情的本身，便拥有炫目的光彩，引诱着人们去疯狂地追逐。爱情美好却不珍贵，甚至有非常局限的时间性，如同一张电影票，对号入座，过期作废。

说到头来，爱情的世界里没有聪明的智者，也没有愚蠢的傻瓜，只有愿意不愿意。

前阵子，刚刚听到朋友给我讲过发生在身边的一件真实的故事。故事之中的女主角是一位美丽的女子，却爱上了一位有妇之夫。那个外表帅气的男人同样因为她的美丽而深深折服。一时之间，两个迷失的灵魂纠缠不息。

女子一直很矛盾，面对着自己深爱的男人以及男人家中温柔贤淑的妻子，心中百感交集。

男人对女子说："我爱你，但我不可能离婚，因为家中的妻子同样也这样爱我。我没有勇气面对她，但我也没有勇气忘记你。"

男人的想法，让女子颇感失望，她放不下男人，更不忍心生生拆散一个原本温馨的家庭。但又无法说服自己倾尽全部的青春去换取一段永远不能见天日的感情。忽然之间，她感到自己既不道德又毫无责任感。

直到有一天，女子看到一个寓言："一只倒霉的狐狸被猎人的捕兽夹套住了一只爪子，为了脱身，狐狸毫不迟疑地咬断了自己的小腿，终于得以逃生。"

第十一章　西湖·若如初见的祈愿

割舍、放弃一条活生生的小腿而保全一条生命，或许残忍，但这就是孤独的哲学。

当生活与际遇强迫着你我必须付出惨痛抑或有悖初衷的代价之时，学会放弃某些你认为根本不可舍弃的感情与利益，或许是最明智的抉择。

两弊相衡取其轻，两利相权取其重。

这一回女子终于有了决定。放弃这段刻骨的感情，让男人回到妻子的身边。纵然心中有万分的不舍得，但既然现实如此，又何必要在一个牛角尖上拼命纠缠呢？

情伤固然需要舔舐，但放弃的同时也是一种成全，成全了别人的今天与明天，造就了自己的海阔天空。

走在人生漫长的坦途上，人总要不停地面临着选择与放弃的时刻。鱼与熊掌不可兼得，弱水三千只能取之一瓢。

山山水水、风风雨雨，有所得与有所失必然是相辅相成的。学会放弃，是一场历练，唯有经过这一番考验，方能造就一份成熟、充实、坦然、轻松。

不久的某一个雨夜，女子给男人打了一个电话，她在电话里对男人说："我们分手吧，好好爱你的妻子……"

想到这里，漫步在西湖边上的我，不觉微笑，要是当初的白蛇也和这位女子一般看过"狐狸断腿"的寓言，也有与之同样一番的感悟和做法，是不是就不会有水漫金山，被囚雷峰塔的悲剧发生了呢？

雨停了，回首西湖，一眼望不到边际，湖水涟漪阵阵，柳枝妖娆起舞，或许是雷峰塔中的白蛇感应到我的心绪，聊借杨柳与湖水，与我做一番动容的倾诉吧？

第十二章
香港·烟花落寞的华衣

香港，再熟悉不过的一个城市。这里有世界级的建筑、快节奏的生活、时尚摩登的娱乐享受，无不凸显出这座城市的惊艳魅力。

每年每月都有好多好多的人去往这里,本来不再用诸多的文字记录这样的一座城市。只是对于我来说,香港总是有太多特别的情愫吸引着我一次又一次地前往。

对香港的印象,不止是那些摩登大楼、琉璃璀璨的灯火,以及琳琅满目的精致商品,而是这样一个地方,总是能给我提供很多的动力、很多的灵感、很多的触动……

这次的香港之行,是要去探望一个旧时的好友。初中毕业之后,她便随着父母前往香港定居,回首想想这样的一次别离,竟然也已经隔了多年。去年暑假便和她定下这次相聚日期。

她说:"你来,来看这座披着一袭华衣的城池,来听一段关于繁华背后隐匿在心中的爱情故事。"

她还说:"故事是真实的。之所以告诉你,是因为希望终究有朝一日,某一些人可以透过你深深浅浅、斑斑点点的方块文字,找到这段情感终究的结局。"

这天中午刚过,从深圳过关,乘坐上香港轻铁到大埔墟站下车,路程不长,仅仅只有四站的路。因为距离与旧友约好见面的时间还早,所以决定前往旧时"大埔墟火车站"旧址,也就是现在的"香港铁

第十二章　香港·烟花落寞的华衣

路博物馆"去走一走。

实际上,旧大埔墟火车站大楼只有一层平房,1913年由英人所建,典型的中华民居风格。歇山屋顶,飞檐彩绘,正门山墙塑有牡丹、喜鹊、佛手、红蝠等都是中国民间的吉祥图腾。琉璃瓦屋脊上,当中一颗定火珠,左右双鳌挺立,传说有驱邪避火的作用。小小火车站台内,数棵古榕参差旁立,绿叶垂鬓,浓荫蔽日,探身向路轨,仿佛一直在聆听老蒸汽火车头由远而近的轰隆嗡鸣。

从1913年启用到1983年迁新址,这座火车站整整运行了70年,它见证了香港机车时代的盛衰,见证了大埔墟的百年变迁。如今的它依旧矗立在原地,与不远处的车水马龙、灯红酒绿成为鲜明的对比,就好像是在恒河水中流淌而过的前世今生。

与旧友约好在都爹利街见面,很机灵地发现自己已经比约定的时间提前到达目的地附近,既然如此,便决定前往离此不远的"砵甸乍街"走一走。

这一条石板街的名字,其实是以香港殖民地时代第一任港督——钵甸乍爵士(Sir Henry Pottinger)命名的。早期的香港,街道依山而建,为防滑多用大块石板高低不平铺成,市民们统称石板街。随着香港填海区扩大,街面改造,当年的石板街也就剩下钵甸乍街这一截了。踏在街道的石板上,假想着在到处都是沥青大马路的现代都市中,如果能找一个雨天,撑一把油纸伞,着一袭布衣,独自走在这条石板路上,邂逅一位丁香一样的姑娘,那会是一种怎样的"花样年华"?

傍晚七点钟,都爹利街尽头几十级石阶上花岗岩栏杆周围竖立着的四盏煤气街灯,准时亮了起来。据说石阶与煤气街灯相伴已经有近百年了,不知目睹了多少情侣相偎相依、相聚别离的悲喜一刻。

就在昏黄的灯光下面,我见到了雪。

童年时的雪,就是个美人胚子,记忆之中,她的身边总是会跟着好几个仰慕她的小男孩。多年未见,总是日里夜里牵挂着她,终于今天见面,所幸岁月并没有在雪的脸上留下过多的痕迹,只是一张美丽的脸庞褪去童年时分的幼稚,换上了更为恬静的成熟感罢了。

如今的雪,看上去更加美丽了。

坐在街角的咖啡厅里,借着暖黄色的灯光,我细细看着雪的轮廓,心里想着。只是她却一直在沉默,眼睛望着闪烁的街灯,出神。

第十二章 香港·烟花落寞的华衣

或许她的心早已飞到了很遥远的地方……

"冬,你知道吗?在我心里,始终是最爱他的。尽管当初接近他只是为了忘记另外一个人,可是我必须承认的是,经过很漫长的一段年月的陪伴之后,我发现我自己是真的对他动了真感情的。"沉默了很久的雪,终于开口,但一开始便是一个深深的叹息。

"初相识的那个夜晚,我和他聊天,围绕着另一个她,言辞之间,却有不能明言的暧昧。他反复跟她说着人生的无奈,一切总在擦肩中错过。而我则告诉他,自己若是白狐,也定是千年之前背负着传说的女子,可为何所有的故事,最终却只能在错失之后,才来留恋?"雪点了一杯蓝山,也不加糖,轻轻尝了一口,便开始讲起她和他的故事。

"我们隔着显示器,彼此都仿佛看到了烟火,绚丽夺目、一瞬即逝,当发现它的美丽时,一切都已成为逝去的永恒。他言顾左右地说着与我初相见时的感觉,甚至暗示说当他见到我时,心头有着难以抑制的冲动,而那时的我,正站在巴士站台上,丝毫未曾察觉他的存在。"

说起初见的甜蜜,她的脸上洋溢起幸福的笑容。世上所有的感情都是这样的吧,一开始的时候很美、很美,丝毫不会比童话逊色多少。我想。我不开口接话,不想打断她关于美好的回忆,只是偶尔转过头去,望着煤气街灯昏黄的灯光照耀着砵甸乍街夜凉的石阶。是的,街的人生易老,天难老,当所有的情事已变成往事,只有这几盏最后的煤气灯依然守着这老石阶永远不变黄色的脸……

雪的故事,经过了甜蜜的开头,便开始往更深一层发展了。她终于和他开始了一段美好的情事。有无数个深夜,当所有人都睡去的时候,她还守在电脑旁边和他聊天,依依不舍,情话呢喃。

"如果让她知道了,不怪我让你这么晚睡才怪呢!"雪飞快打下一行字。

"她早去梦周公了。"他马上回复。

"那她明天不会看你的 QQ 啊?"雪故意坚持。

"她从不上 QQ 的!"他颇有会意地给她肯定。

雪告诉我,那时她的心,突然就变沉了,错了吗?错了吗?雪

第十二章　香港·烟花落寞的华衣

总是一次又一次地在心中问自己,她只应该是个与他萍水相逢的女子,却为何鬼使神差地在寂寥的夜空下苦苦纠缠?

有时候,雪会想象着和他的未来,或许等到某一天,他会紧紧地将自己拥在怀中,以一通霸道而缠绵的湿吻,将她的全部身心统统夺走。

到那时,又该怎样才好呢?

每当想到这样的结果,雪就会感到罪恶感蔓延,然后,她想到了另一个他……

"我还是你的宝贝吗?"

她迫不及待地对着 QQ 上的另一个头像发出疑问。

"你为什么不来救我?只有你能让我清醒,可是,你为什么不肯回答我呢?"

尽管没有人回应,雪还是苦苦追问着,此时此刻,她很是相信,只有他的出现,才能把自己从危险的悬崖上拉回来。只有他的出现,才能按捺住自己那颗蠢蠢欲动的心房。

但是，正因为如此，雪仍是会掉进那个旋涡，她仍旧会重燃心中那团因为爱他而不断炽热的火焰，她仍然会沉溺在他宽厚的臂弯中，成为他湿吻下的俘虏。

"只有你能救我，只有你能让我不要爱上他，可是，你愿意救我吗？"

夜深了，雪依然执着地对着那个灰白的头像追问。

一个回首，却瞥见了一旁熟睡的丈夫……

"我爱他吗？"

望着睡在身旁的男人，一脸安逸，雪忽然满脑疑惑，此时此刻，这个安躺在自己身边相伴了多年的男人，却让她感觉如此的陌生。曾几何时，她向爱情许诺，这个男人，将是自己生生世世的唯一，她的两瓣樱唇，将永远只给他轻吻着。可谁也无法预料的是，这个誓言，却在日复一日的平淡生活中，被洗刷得黯淡无光。

因此，雪总在情不自禁中，一次又一次寻找着某个让自己心潮

第十二章　香港·烟花落寞的华衣

再次澎湃的港湾。

"对不起，我关不住自己的心，总有一天，我会从你身边悄悄飞走的……"

黑暗中，雪无奈地对熟睡得毫不知情的丈夫低语。

雪的故事，讲到了一半，我却禁不住开始觉得惋惜起来。因为知道自己没有资格去平定谁对谁错，只是觉得感慨，原来这个世间所有的女人，不管身处哪个角落，一旦碰上了爱情，就会像喝下了蛊毒一样无法理喻。

星，在黑色的夜空中明灭，闪闪烁烁仿似双眼，见证了无数关于爱情的故事。而关于爱情，最诱人的，永远是言不由衷、眉来眼去之间的那份暧昧，这暧昧是酒，这暧昧是毒酒，让人在不由自主间明知故犯，步步走向无法自拔的深渊。

在这个深渊中，雪几乎忘记了这是依依不舍道别的第几个夜晚了。

"夜了，听话，你真的要休息了！"他怜惜地对她说。

"我要是不听你的，怎么办？"雪故意问。

这一次，换他沉默许久。

雪知道，他亦在挣扎着，该不该继续保持与自己的暧昧。

"如果，你不听话，我就再也不理你了！"过了很久，他终于开口。

这回，沉默的人是雪。似乎，雪感应到他的无奈和对自己的依依不舍。

"听话，去睡吧，我要看着你下线，我才能放心地走。"他的字里行间洋溢着温柔，却如一张丝网，将雪的心紧紧地困住。

"我们的爱，还应该继续吗？"

终于和他道别，雪回到了房间，睡去之前，她又望了一眼身旁的丈夫，又开始了不止一次的疑问……

之后很久的一段时间里，雪将自己锁进阴暗无光的房间中，静静呆坐着，任由着手机不住地传来短信、电话、电话、短信的

第十二章　香港·烟花落寞的华衣

声音。

每一次声响,都是一次又一次急切的呼唤,召唤着雪的怦然心动,召唤着她内心深处那一份无奈而又深刻的感动。

雪知道如果自己就这么消失的话,他会疯了的,他会走遍每一个她可能去过的角落,他会寻过每一个曾有过她气息的地方,甚至他会向任何一个认识或者不认识她的人打听她的去向。所有一切能寻得到雪的方法,他也许都会去试,只是他却不是她的丈夫。

雪想起了那一次在咖啡屋门口,她故意躲在出租车内,隔着车窗玻璃,看着他迫不及待地向保安询问她的去向,任由他不停地拨打她的电话却怎么也不肯接听。雪知道他在寻找自己,她知道他在担心自己。她知道他为自己所做的一切都是发自内心的。她知道如果不是迟了多年的缘故,他也是一个珍爱自己的男人。可是,看着街边疯狂寻找自己的这个男人,她的心,却沉到了极点:为什么还要苦苦地寻觅呢?就算真的是爱,就算真的有情,到头来,他始终还是要回到另一个女人的身边的。

回忆起这个场景,雪落泪了,她举起咖啡杯,将杯中所有不加糖的咖啡一口喝下,接着她告诉我,那天,就在电话铃再次响起的那一刹那,她终于忍不住按下了接听键。

他的声音,在听筒的那边传来,半带咆哮,又是生气,又是着急,又是埋怨。

他是埋怨雪的,埋怨她再次无故失踪,让他找得好苦、好苦,让他几乎彻底失望,以为将从此永远地失去了她。为此,他恳求,恳求她不要再这么折磨他了,他恳求她不要再这么无声无息地离开他了,如果没有了她,他发现自己真的失去了所有的乐趣……

雪跟我讲述的故事中,有这样一幕:在一个无人知晓的午后,她依偎在他的身旁,任凭他温柔地拥抱着她,亲吻着她的每一寸肌肤,任凭他将自己的脸埋在她柔软微香的发丝堆中。他很是激动,他很是兴奋,他告诉雪,她是他的毒药,让他一步步地沉沦。同时,她也是他的解药,只有她的出现,才能缓解他思念的痛苦。

可是雪说,那时听他说这些话的时候,她又想起了 QQ 中那个灰白的头像,若是他肯这么说,那该是多么美好的一件事啊,即便是万劫不复。

第十二章　香港·烟花落寞的华衣

"我和他就要相爱了吗?"

"我和他能真正天长地久地爱一生一世吗?"

雪心中满满尽是疑问,这样的问题,反反复复得像一条又一条贪婪不休的小虫子侵袭着她的理智,那种剪不断、理还乱的纠缠,几乎让她的心脏完全地疯狂了。

雪回忆后来的那段日子时,她总会突然发现自己的心率不停地在增快,那种感觉几乎让她无法呼吸,就在那种晕乎乎的天旋地转中,她看到了某种幻象,关于死亡的幻象,通过这种幻象,她发觉死亡实际也是一种解脱。

每次缠绵,她渴望与他相守相随,每次分离,她渴望从此和他再无任何瓜葛。

不能有瓜葛,真的不能有瓜葛啊!

雪这样告诫自己,一个人的一颗心,只能分给唯一的一个人,少一点是虚伪,多一分是谎言。无论如何,前后两者都是莫大的罪恶感。更何况自己怎么能将唯一的一颗心房同时分给三个人?

一个是她无名指的专属者，一个是她永远都无法忘却的梦魇，另一个则是心底默默交汇的温柔港湾……

"你煮的东西，永远是最好吃的。"

雪说，她永远忘不了老公对她说的这句话。

那时他望着正在厨房里做饭的她，他忍不住感叹了起来，作为雪的老公，这么多年来，他从不否认自己的幸运。

幸运就是遇上她，也许他不需要她格外艳丽，也许他不需要她格外精明，但是，他需要从她身上感受到一个家的温暖，感受到一个所谓平凡人的幸福质感。

妻子，妻子是什么含义呢？这一点，他坚持得格外坚定，妻子，就是一个守在自己背后的港湾，每天默默见证着他的成功，永远成为他事业路途之上一道靓丽的风景。而这么多年以来，她从未曾让他失望过。

只是，坐在餐桌旁的他，却丝毫没有察觉出雪内心交织着的矛盾。

第十二章　香港·烟花落寞的华衣

　　是的，是的，他在夸她，作为自己的丈夫，他在夸她，雪能感觉得出他那种发自内心的喜悦，若不是情非得已，她愿意，她真的愿意一生一世守在他的身边，做个贤惠而甜蜜的小妇人，永远用某一个甜蜜的眼神，等待着丈夫给自己的嘉许。

　　可是，女人真的要这样吗？女人应该理所当然地让自己成为丈夫的某种装饰吗？她将青菜放入锅中，淋上了油，来回地翻炒，油光裹着一炉翠绿，在微蓝的火光上面摇曳，油热而沸的声响不停地传来，那样热烈，此起彼伏，伴随着一缕又一缕单薄的油烟，在与青菜做着欲罢不能的纠缠。

　　雪望着这些油烟与青菜发呆，眼前仿佛又出现了那个身影，那个QQ上灰白头像的主人，他说过自己是不会爱上她的。是的，是的，他这样说过的，时隔多日，仍然字字铿锵烙印在她的心头。可是，他既然说过不爱她，又为什么要将她拥在怀中，一遍又一遍地亲吻着，恨不得用自己的体温，将她整个彻底地融化？导致如今他虽已离开她多时，她却还会不由得将他想起。

　　"明天，明天无论如何一定要分离！"

　　忽然之间，雪好似突然有了答案。这一生当是要分离的了，不然这样纠缠下去，又能怎么样呢？她不是他的妻子，他不是她的丈夫！当然是要分手的，当然是要分手的！只是分手之后又将如何呢？她深深抚摸着自己心灵深处的脆弱，然后发现，她居然开始对他产生了某种依恋！

他和妻子结婚纪念日那天一大早，闹钟冷冰冰的叫醒音乐，将雪从梦中吵醒，又是一个阳光灿烂的清晨，树上一缕缕嫩绿被镀上金黄的边线，正在风中雀跃起舞，一切都是崭新的，一切都是活泼的。

可是，这一切对雪而言，却成为一种多余的累赘，累赘无端地刺伤心灵，留下一个隐隐作痛的伤口。

今天，无论如何雪都要和他分手！只能在今天，必须在今天！今天是他和妻子结婚十周年纪念日！

雪下定了决心，就在今天彻底切断所有与他有关的情感纠葛，这是她送给他们十年婚姻的最好礼物。

"亲爱的，今天对她好点，女人总是喜欢惊喜的，这个特别的日子，你要答应我，给她你最浪漫的心，好吗？"

第十二章　香港·烟花落寞的华衣

带着酸酸的泪意,雪用手机给他送去这样一条信息。

"你……你为什么那么喜欢跟我说这些话呢?我对她温柔,那你呢?"好一阵子之后,他终于回复。

"我?我要离开你了!这是我送给你和她结婚十周年的最好礼物。"

雪说到这一段的时候,她眼中有泪流落。她用纸巾拭去眼泪之后,告诉我,当时的自己用极快的速度按动手机按键,似乎在做某种极度艰难的决定,不能等待,不能再等待了,她感到自己必须在自己后悔之前义无反顾、斩钉截铁地彻底断掉自己那渴望飞奔的念头的路。

是的,世上也许就是这么无奈,思量爱情,真爱又能如何呢?在某些时刻,浓情自是当相忘。

听着雪的故事,我忽然开始迷惑了,一个人,一辈子,到底要遇上多少段感情才能作个段落?生生世世的轮回,一千年的等待,会否终究只是一阕华丽的诗句?

与雪告别之后的深夜,我一个人走在维多利亚港的步道上,漫无目的却又不停地掂量着，回忆着雪给我讲的这个关于她自己的真实的故事，一直到自己感到格外地筋疲力尽。

雪爱上他，是一次难忘的心动，但是否又是一场风花雪月的错误？

如水的凉夜、慵懒的星斗，我穿着一件双肩裸露的衣裳，偶尔一两滴寒凉的夜露落下打落在我的肩膀上，好似眼泪。

也许雪是不该爱上他的，她不该情不自禁地投入他的怀抱，她不该贪恋着他的缠绵热吻、海誓山盟。

夜好安静，我想，雪爱着的那个男人此刻定是睡在他妻子的身边吧？那张双人床上那个光明正大的位置上，冠冕堂皇地镌刻着他的名字，只有在那张床上那个位置与妻子睡在一起，交织缠绵，他才能得到世人的祝福，因为她才是他的妻子，今生今世唯一一个能得到他给的名分的幸福女子。但是这样的时刻，他会想起雪吗？他会想起这个他曾给予无限的温柔，他曾无数次轻咬着她的耳垂，而后将自己浓浓的爱欲注入她的身体的女人吗？

夜风缓缓地吹来，将我满头的长发轻轻撩起，漫天盖地的寒冷，都不如我此刻心灵的悲戚……

第十二章　香港·烟花落寞的华衣

从香港回来后的第三个月,我接到了雪给我写来的信。雪的信是这样写的:

"时间,就这么悄然流逝了。望着 QQ 上灰白的头像,看着手机中那个不再响起的电话号码,我突然从心底发出一丝冷漠的微笑。这段时间,我仍旧走在我先生的背后,我仍旧做着可口的饭菜,我仍旧思念着那两个不属于我的男人。

只是,他默许在他结婚十周年纪念日的那天与我分手,却成为了我心中永远的伤口。

也许根本没有一个男人真正深爱着我。

也许,只有时间的流逝,才能冲淡这场夜奔所带来的悲哀。

也许,真的,也许……

昨天,我将头发剪短了,然后背着重重的行囊搭上那班北去的列车。我想就在我先生醒来的清晨,他会发现我放在床头上的那张'离婚协议书'的。也许,女人,学会离开与选择,才是最勇敢的夜奔……"

看完雪在火车上给我写的信,我想了很久很久,终于提笔,在笔记本上写下这样一句话:

"她在暗夜中沉思,渴望着身体和灵魂能伴随着情欲,作一次勇敢的夜奔。"

第十三章
马鞍山·遇见最美的花开

  马鞍山市,安徽省省辖市,位于安徽省东部,长江下游南岸。这一座城市与我有太多的缘分交集,向往着每一次的前往,因为对我来说,这里风起时分是梦开始的地方。

马鞍山。诗城。无需太多的笔墨刻画，它便以一种安静而浪漫的姿态伫立在六朝古都南京市西南侧的经纬之间。一座因为"乌骓马"而得名的城池。

坐在穿梭于城际之间的快车，望着车窗之外道路两旁不停掠过的一棵棵桂花树，心中忽然期待遇见桂花飘香的季节。试想在八月的流光之中，满城的桂花香气悠扬，香气之中定然依旧弥漫着两千多年前乌骓马对楚霸王的思念之情吧？

满江渔火，楚歌阵阵，却再不见主人归来的身影，于是马儿通灵，思念主人，索性翻滚自戕，马鞍落地之处便出现了一座高山，

第十三章　马鞍山·遇见最美的花开

唤作"马鞍山",谨以此来纪念那位叱咤一时的西楚霸王以及那匹有情有义的"灵马乌骓"。

听到这个典故的时候,眼眶忽然湿润了。感觉自己能够明白乌骓马自戕之时心中的苦楚。它坚信自己的一生,唯肯赋予项羽驾驭,项羽一死,它也就失去了生存的意义。难怪韩愈会说:"世有伯乐,然后有千里马。千里马常有,而伯乐不常有。"伯乐与千里马,早已成为无法更改的搭配,两者之间谁都不可或缺。

如今,再次踏上马鞍山的土地,心中忽然一阵释然。我想,自己也是一匹流浪在红尘之中的马儿吧,带着满心的期待,风尘仆

仆，苦苦寻找属于自己的一片乐土，寻找一个能够懂我的"伯乐"。

这当是乌骓马儿有灵，守在它的城池之中，冥冥之中牵引着我走进梦中的乐园，然后，在这里遇见最美的花开。

步入酒店的房间，透过薄薄的窗纱便可以望见窗外云雾蒙蒙的雨山湖。

雨山湖，旧名洼儿塘，又称娃娃塘，与它的名字一样的娟秀妩媚，周围有九座山峰远近错落，环湖而立，用"九峰环一湖"这样的语句来作形容其实一点儿都不为夸张。

夕阳西下之时，在雨山湖畔漫步，四周山峰远近错落，绮楼朱阁，曲桥卧波，环湖皆路，环湖皆树，环湖皆楼，沿湖花繁树茂，曲径通幽。

湖面上头清幽雅静，双虹桥横卧在那里，像个安躺在情人怀抱中的幸福女子，两两相看未曾厌倦。

极喜欢点缀在四周的几座小亭子，皆因为它们那不俗的名字："勿染"、"不厌"、"淡悠"……

暮色慢慢笼罩整个天际，桥上和环湖周围的灯都亮起来了，桥

第十三章　马鞍山·遇见最美的花开

上五彩灯光倒影在粼粼水面上，环湖周围的灯光温暖柔美，夜色下的雨山湖美轮美奂，恍如梦境。

在马鞍山的第二天恰逢惊蛰。天气当真不好，电闪雷鸣，雷雨交加。

凌晨时分在熟睡之中被窗外隆隆震耳的雷声吵醒，卷着被子听雨点儿打在屋檐雨篷上头的哗然作响。

都说"惊蛰"是个上天以打雷惊醒蛰居动物的节气。可是我想此时此刻的被雷声惊醒的虫子们恐怕并不乐意遇见这么大的一场雨吧？原本满心以为可以醒在一个春暖花开的场景了，可现在春暖未曾感觉、花开未曾见过，唯独一场瓢泼大雨便已将它们淋得浑身狼狈、流离失所。

原来尘世间的事情，总是无法顺遂人愿，就连小小的一只小虫也无法例外。

听老人们说，惊蛰时分这样的雨叫作"桃花汛"。

极喜欢这样唯美浪漫的名字，横躺在柔软的床上，闭上眼睛，想象着这样的场景：一夜豪雨，打落了无数的桃花，桃花夭夭随波逐流，落花过处恋恋有情，但流水匆匆，从来没有眷顾的怜惜之情，原来一江春水载不动许多愁。

在马鞍山的第三日，是惊蛰的第二日。所幸天晴，碧空如洗。

路边的玉兰花开得正好。喜欢玉兰花开时的满树洁白，像身着素衣的仙子，不落尘俗，兀自芬芳，冰清玉洁。即使花期过尽满地凋零，仍旧是一种奢华张扬的美。

我希望自己有生之年能拥有一座有个院子的小小院落，然后在院落之中遍植玉兰花，在满树洁白一地纷繁之中静看流年。试想这样的景致，该是如何的美好！

我对玉兰花始终有种无法割舍的情结，这点与当年的张爱玲可谓大相径庭。

"邋里邋遢地一年开到头，享用过的白手帕，又脏又没用。"

张爱玲用这样尖刻的句子在小说的情景中来形容玉兰花。

世间千千万万的花卉，"没用"的又岂止玉兰一种呢？恐怕"没用"是许许多多花儿与生俱来的命中注定。只是一朵花开本是自然

第十三章　马鞍山·遇见最美的花开

天成的事情，并不一定非要讲求什么样的结果才能尽情地开放吧？就如你的世界我曾经来过，即便是终究悄无声息地离开也是值得的。

所以，有的时候等一朵"没用"的花开，何尝不也是一种美好呢？

每次出游，我都会背一个大而笨重的背包，配合着原木瘦弱的身子，远远望去像一只背着硬壳的蜗牛。

喜欢在包里头塞上一个纸张纯白没有一点花纹的本子，在上头放纵着性子地写着歪歪斜斜的字，一个大一个小，横竖交纵的无厘头。这些深深浅浅的文字组成了一些零乱散落的句子，这些犹如蝴蝶在眼前翻跹掠过的感觉，我若不及时地把它书写下来，它或许就会从此消失不见。

一本又一本写过的本子之中，从来没有精致华丽的造型和样子，是因为不太习惯那些造型华丽的本子。因为落笔的字迹完全无法达到自己想象出来的预期效果，所以往往会徒惹忧伤，即便是用尽力气、小心翼翼地写上几行，感觉也很是拘束，只好匆匆合上本子作罢。如此一来一本原本漂亮的本子就算从此作废了，华丽的容貌、草率的下场，真叫人感叹。常常说"红颜薄命"，原来太漂亮的本子也一样难逃魔咒。

骑着自行车，带着笔记本在街道上转悠了好久，终于找到了一间小小的书吧。高兴地停"車"暂住，在书吧里头逗留良久，沐浴一身阳光。叫上一杯小咖啡，在大雨翌日的阳光中闲读几页唯美的诗句，写几个浪漫的句子在洁白的本子上，这样的安逸如何叫人抗拒？

农谚上说："到了惊蛰节，锄头不停歇。"

季节不等人，一刻值千金。自古以来人们向来重视"惊蛰"这个节气。惊蛰的雷声不但把泥土之中的虫儿叫醒，把身处红尘俗世的我的心儿也敲醒了，也许我该好好地想一想事情；好好地想一想自己到底是一个什么样的人、该做什么样的事儿，从何处来往何处去；然后再给自己设置好一年的时间，读书、游走、写字、怀念；如果可以，再给自己腾出那么一丁点儿的时间，安静地等待，等待遇见最美的一朵花开。

第十四章
城市·美食与爱情故事

美食、爱情,世界上永远不可或缺的必需品。你可以说暂时节食,但你不可以说自己从此拒绝所有的食物,就如你可以说暂时憩息,但你不可能永远放弃爱情一般。又或者可以说美食与爱情之间本身就是相关联的,因为很多时候,你我爱上的,不是美食的本身,而是坐在对面与你一起等待、品尝、分享的某个人。

每一座城市，都有它独特的风景、人文、传说以及食物。所谓衣食住行，历来缺一不可。

每到一个新的城市，除了观赏它的风景和文化之外，都会格外地关注这座城市特有的美食。

当然，如果你选择立刻背上背包，买上车票，来到我所在的城市。我也愿意带着你，游离在我所在的这座小小城市之中，看城中的山，看城中的海，看城中的风景，品城中的茗茶，尝城中的美食。

然后，我还会带你到一家叫作"烤言食语"的韩式烧烤店。我请你品尝这里的五花肉、鸭舌、鱿鱼、冷面……除此之外，我还会给你讲一个发生在这里的爱情故事：

午后，阳光偷偷从树叶的缝隙间窥探着人间。

取名为"烤言食语"的韩式烧烤店中。

他和她就这么安静地对坐着。

火星闪烁的烧烤炉中，红白分明的五花肉正快乐地享受热气的抚摸，发出"滋滋滋"的快乐声响，好像在对炉火倾诉着永不退却

第十四章　城市·美食与爱情故事

的爱意。

一大桌的朋友围坐在一起，谈天说地。炭火的味道与烤肉的香味交杂弥漫，逗笑与闲谈的声响混杂交汇。

唯有她依然无话，只是安静地看着他，看着他细心地翻动一片片新鲜的肉片，看着他细心地将五花肉蘸上酱料，细心地包进翠绿色的香菜叶中，最后轻轻地放进她面前的小碗里。

"这是我最爱吃的，天底下最好吃的东西，你尝尝！"他轻声说。

她仔细地夹起包得精致的叶子，放入口中。

一股肉香荡溢满嘴，细细地嚼动，菜叶的清脆中渗着肉的鲜美，那感觉，让她沉迷。

"好好地记住这味道，这是他喜欢的，好好地记住这味道，这是他为我而做的。"她想。

她静静地盯着桌子中间的烧烤炉，有些许走神。

火红的烤炉正轻轻地冒着几缕飘逸的白烟，极像藏身于芭蕉叶中的婆娑少女，在肉香阵阵的空气中翩跹起舞。

兴许它们便是炉火的化身吧？它的生命固然短暂，借助一地漆黑的精炭，只不过是片刻的燃烧，但固执的炉火却不甘心于承认现状，不停地努力着，用尽全身的法术，将自己蜕变成白色的轻烟，它希望自己能飞得更高点，以求能将所有的人、事、物尽收眼底——尽管周围的环境已经变得有些陈旧。

"看到了，看到了！"

她仿佛听到了白烟们兴奋的喊叫声，她仿佛看到了白烟正在不停扭动自己的身躯，好似舞池中那只曼妙起舞的白天鹅。

可惜，只是短暂的一瞬间……

因为，忘形得意的白烟不到顷刻的工夫，便被排气抽风口全然吸走了，只留下一片腻腻不舍的黏稠，凝固在其中。

白烟的曼舞，成了一阕凄然的断章，这景象，禁不住让她联想到了《天鹅之死》。那只美妙的白天鹅，在一段悠然的旋律中，用一段美丽的旋转作为句点，直至欣然倒地，成就了艺术中的魅力绝响。

第十四章　城市·美食与爱情故事

"也许，人生便是满带遗憾的吧。"她想。

"你到底怎么了？怎么总盯着火炉发呆啊？"

他略带关心的责备打断了她的思路，这时，她才骤然发现，不锈钢丝网上正烤着几条又嫩又肥大的鸭舌。

玉白色的鸭舌，粘上特制的酱料，放于网上，衬着殷红的炉火，是那么色泽分明，让人爱不释手。它们被有序地放于那里，特别像一个女人、一个等爱的女人，在深夜十二点，安坐在家里昏暗的沙发中，等待着深夜未归的心爱男子……

火候到了，薄而鲜嫩的鸭舌舌皮，因为热气的缘故，被撑起了一个小泡泡，最后，那沸腾的热气不住地涌起，小泡泡被撑破了，鲜美的肉汁随之四溅。

"好香！"

她闻到了香味，忍不住叫了起来，夹起一条鸭舌急急便往嘴里送去。

"不行！太烫了！"

他看见了，急忙抓住她的手。

"傻瓜！仔细点，刚烤熟的，小心烫！"

这个举动，让她一愣，不知何时，一朵红云已悄然爬上了脸颊。

"谢谢！我……我……"

等到她缓过神来时，才发觉他还是紧紧地抓着她的手。

"我……的……手……"

她羞红着脸，低声地说道。声音低沉得几乎不为人所听见。

他的手，微微地颤抖了一下，然后轻轻地放开了。

时间在树叶与阳光的纠缠中无声流逝，不为人所轻易察觉。

"我听说，你爱吃牛肉。"

男子夹起盘中的牛肉片，用幽幽的炉火将其烤熟，又不失去其鲜美的肉汁，且保留着微嚼即化的柔软。

第十四章 城市·美食与爱情故事

"是她告诉你的？"

红潮退却的她，听到男子说起这话，骤然由心生出一种由天堂被拉回人间的失落。

"是的，我们经常谈起你的种种……"

"你们……"

在她心里，"你们"一直便是暧昧的字眼，也许这人间之事便是这般富有戏剧性吧。

她将牛肉放进碗中，撒上一层香味独特的孜然粉末。

孜然的香味顿时占据了她的所有味蕾，透过这层层叠叠、缠绵不息的孜然之香，她似乎看到了事实……

她最要好的姐妹便是他的女朋友！而她，却只是他的红娘！但是，她是爱他的！这点，她根本不想否认。自第一眼见到他时，她便被这个男人所深深吸引，可是她却只能无可奈何地接受这一切，谁叫她受人所托，做他今生的红娘，为他的幸福穿针引线呢？

看着他们出双入对，她的心里却有着隐隐的痛感，每次想到，矛盾的忧愁便于顷刻间袭上心头。

雪白的鲜鱿片被烤得滋滋作响，她满怀心事地看着这些柔软得让人无法抗拒、垂涎三尺的鲜鱿片，心里想起了《红楼梦》中的林黛玉与贾宝玉。

"孤标傲世偕谁隐，一样花开为底迟？"

也许，她与她便是红楼梦中的黛玉与宝钗吧。一个是水中月、一个是镜中花，一个是金玉良缘、一个是暗自嗟叹……只是，又能如何呢？今生今世，她只是他的红娘，她在心中告诫自己。

恍惚之中，她将烤熟的鱿鱼片放进口中，满口的温柔伴着鱿片特有的香味让她骤觉涟漪无限。她忽然想起那时与他初见，他正低吟浅唱着林俊杰的《江南》：

"离愁能有多痛、痛有多浓，当梦被埋在江南烟雨中，心碎了才懂……"

从那一刻开始，她便记住了眼前这个唱着忧郁情歌的男子，她知道他亦是一个有故事的男子，而她却在一瞬间为他的过往所深深

第十四章 城市·美食与爱情故事

动容。认识他的人都知道,他仍深深怀念着以前的女友,一个美丽的女孩,他深深地爱着她五年,但到头来却无法相守而终成陌路。而透过歌声,她仿佛听到了他的心声,她仿佛看到一个不愿走出过往的男子,在烟花满天的江南断桥边上,声声呼唤着那个早已远去的伊人……

"你呀,也该有个结果了,这次是好的,就不要再错过了,忘了从前吧,再这么比下去,只会让你更茫然的。"

坐在他们旁边的一个朋友开口了,这一句话,让她的心嘭嘭地跳得猛烈。

是的,真的希望他早日作个决定,不用再这样形单影只下去,可是她又是这么害怕他作出决定,一旦决定了,那就意味着她与他的距离将被拉得更加的遥远。

她甚是茫然,于是无奈地夹起一块鲜鱿片,放在不锈钢丝网之上。或许是她的手在不停颤抖的缘故,又或许是她此刻的心特别乱,她竟把那块鲜鱿片放在了不锈钢网的缝隙之间,鲜鱿片滑入了烤炉之中。

火漫了上来,紧紧地包围住了鲜鱿片。望着原来雪白的鲜鱿片被渐渐地熏黑、熏黑、烤热、变焦……直至最后成为墨色的一块焦炭,她的眼角涌起了潮湿的感觉。是呵、是呵,她只是她的红娘,她不能夺人所爱,更何况那还是自己的好朋友!她不能,她不能,她真的不能!所以,她只能带着那颗爱他的心接受煎熬,直至最后化为焦炭。

为了不让眼泪在他面前流下,她匆忙起身,说了"失陪"便走向洗手间。坐在一旁的他,看在眼里,却也不说一句话,只是微微地一抿嘴唇,露出一个温柔的笑意。他挥挥手,向服务生点了一个他们店的特色招牌菜——"韩国冷面"。

当她在洗手间中止住眼泪,回到自己的座位上时,他早已不知去向了,她甚是奇怪,问了身旁的那些朋友,却没有人知道他去了哪里,只是说他点了一个冷面之后,就起身离开了。

她陷入一片茫然的思绪之中。

这时,她的手机嗡地一下响了,一条信息映入了她的眼帘。

"小笨蛋,你怎么会笨到放着自己不管,却拼命地给我介绍别人呢?"

第十四章　城市·美食与爱情故事

她先是一愣,难以置信地又重看了一遍信息,最后,她惊奇地肯定,那条信息真的是他发送过来的!

就在这时,侍应生端来一碗被装饰得五颜六色的韩国冷面。

"小姐,请您品尝我们店里的特色招牌菜——韩式冷面。黑而细腻的面条是'荞麦面',这是专门从韩国进口来的,加上店里的师傅特制的泡菜,配上韩国地道的几味配菜,使整碗冷面洋溢着与众不同的韩风韩味。请您细细品尝,这是刚才与您一起的那位先生为您点的。"

"对了,你知道他去哪儿了吗?"

她轻声地问侍应生。

"对不起,小姐,我不知道。不过,那位先生临出门前留了一句话,他要我告诉您,请仔细品尝这碗韩式冷面。"

侍应生微笑着走开了。

她举起筷子,夹起了几条细细的面条送进口中,一股奇特的味道袭来,一时之间竟然无法适应。

平常吃到的面条无论何等花色，都应该是热气腾腾的，却唯独这碗冷面，贯彻了其名字的特色——"冷"！冷冷的面却满是弹性，夹杂着荞麦的香味，泡菜的微酸与几缕说不出味道的幽香。她细细地喝了一口汤，却登时只觉一股酸酸的味道传来，让她不由自主地皱起眉头。

就在这时，一束黄色的蝴蝶兰翩然地呈现在她的面前，她抬头便迎上他温柔的笑意与深情的双眸。

"送给你的！"他说。

"为什么？"

"因为它原来就属于你的，不为什么，只为我爱的是你！"

他望着她，微笑着，轻轻对她说。

"你……你别开玩笑了！"

她有些恼怒地说，不知所措地环望着四周，迎来的却是满桌朋友的盈盈笑脸，这让她更加的难堪了。

第十四章 城市·美食与爱情故事

"傻瓜！"他继续微笑着，伸出双手拉住她。

"你是爱我的，我怎么会不知道呢？可你只知一味地爱我，又知不知道我亦是这般地爱你呢？"

他将花束放进她的怀里，只见朵朵黄花形似彩蝶，在她胸前怒放，荧荧黄色衬着她的满脸羞红，成为店中一道美丽的风景。

"不，不可以这样！我，我只是你的红娘。"

她呆呆望着朵朵美丽的花儿，过了许久，终于说出了这满是失望的一句。

"你知道吗？很多人吃不惯这碗冷面，因为嫌它冷、嫌它酸。但是，它却依然流传于各地，为什么？因为更多的人能从它的冷与酸的味道中品出一番与众不同的感受。"

他将她轻轻地拥进怀中，轻声地说道。

"就如你，第一次见到你，我就爱上你了。但我知道你是个腼腆的女孩，你宁愿把委屈藏于心底，也不愿伤害身边的每一个人。正因为如此，我选择与她在一起，只有这样才能让我更好地了解你，才能让我有更多的机会接近你。这一点,从一开始的时候,我就已经告诉她了,而她也为你感到高兴,所以一直以来,她都以好朋友的身份陪着我慢慢地靠近你。别再委屈自己了,好吗?今生今世,就让我永远地住进你的心扉……"

话音刚落,一片温存的唇已经紧紧地覆盖在她美丽的樱唇之上,她挣扎着,似乎还想说些什么,但却终在他款款柔情之中化为那被风吹皱的一池春水……

阳光灿烂的午后,"烤言食语"依旧弥漫着烤肉的香味,而最抢眼的,莫过于那束在阳光中飞舞的蝴蝶兰。朵朵如蝶的花儿,正用它们曼妙舞姿,向人们讲述着一个爱的故事。

爱在"烤言食语"浪漫时……

怎么样?故事讲完了。听完这个故事,你是不是觉得特别温馨呢?你是不是突然很想,很想打起背包来到我现在所在的城市呢?那么,你还犹豫什么呢?来吧,我在这里等着你。等着你来到我的身边,然后我带着你,一起去那间叫作"烤言食语"的韩式烧烤店……

第十五章
牵挂·写给天使的信笺

内心敏感的女子,总是多愁善感。内心敏感的女子,总会有许多想与人倾诉的话题。每到一个城池,总会或多或少地想念一些人,怀念一些事。所以总会在某一个深夜凌晨,开一盏温暖的灯,坐在宾馆的写字桌前,用深深浅浅、歪歪斜斜的笔迹书写信笺,寄给我最爱的天使。

之一　致杨冬儿

亲爱的杨冬儿：

在香港的这一夜，给你写了这封信。因为看到了这样的一段话而心生感触。

"不论这个世界多么糟糕，你自己的世界一定要精彩；不论人心多么黑暗，你的内心一定要明亮。不要用糟糕去对付糟糕，不要用黑暗去对付黑暗。"

我想，这不正是你一直以来想要寻找的理由吗？

你总说，女子该有的美叫作"张扬"。当一位女子的人生历程多了份来自实践的沉淀，当一位女子的脾性之中多了种以"淡定"为首的底气之时，张扬便真正有了其独特的意味。不堕于世俗，不甘于平庸。然后收放自如，正好是"浪尖上不避其锋，谷地里不怨其困"。

或许是的，女子之美，本就该如此的。犹似水墨画中的牡丹，淡然自得，却又兀自张扬，终究在墨色氤氲之中将姹紫嫣红开遍。

第十五章 牵挂·写给天使的信笺

希望从这一刻开始,你能一直让自己成为这样的一个张扬女子。

有时候走了很长、很长的一段路程之后,人总是变得非常感性,总爱回忆旧日里的某一些旧事。

那一天在维多利亚港的星巴克里,点了一杯咖啡,坐在靠海的咖啡桌上写日记,无意之间,就翻到一篇旧日里你自己写下的文字。文字不长,句式青涩,但不知道为什么,此时此刻看来却是那样深刻、那样感触。

那时的你,对谁说那句"我爱着你,不一定就要和你在一起;我爱着你,不一定就要天天见到你;我爱着你,不一定就能和你相伴一生"呢?

曾经的一段句子,曾经留下的一个愿望,曾经的自己,总是值得纪念的。或许青涩,但却知道每一个细腻的女子,都必然拥有过某段掩藏在内心深处的、难以遗忘的过往,以文字记载,成为天边闪烁的恒星。

"我愿意这一生都无所奢求,唯愿身边一切人平安,唯愿能默默陪你于网络之中。虽然有时只是一个表情符号,虽然有时只是几句淡淡无味的问候,但我无须让你知道的,是自己刻意深藏了的爱意。"

你这样说。

"今非昔比,我已不是那个能最后给你完整幸福的女子。所以,我也已不能将爱泄露半点于你知道,因为那只会带给你负担。"

曾经的你认为,上面的这些际遇便是你自己今生该有的宿命。你曾经暗自思量,觉得自己就像那位不能有任何言语的人鱼公主,爱着自己的王子,却不能发出一声半响,只能这样,静静地、静静地看着,心爱之人与新娘步入礼堂……直至最后,化成海上的一抹记忆。

"亲爱的,我又梦见雪人了。人们说梦见雪人便是幸福!"

已经过去的好多个晚上,你都曾经对他说过这样的一句话。那时,他总笑你傻,自己的幸福,又如何能与一个雪人等同呢?

可他不知道的却是,在你们彼此的世界中,你一直想要扮演一个类似于雪人的角色。尽管你知道自己最终将会融化,消失于世界之上,因为你选择了爱上他。但是,你愿意,你愿意用你一生的美丽与际遇,交换与他的一丝温存,一直到最后融化在他胸

第十五章 牵挂·写给天使的信笺

口,化为雪水,不复存在。如今想来,当初这样的愿望,未免有些幼稚,人活在世上,倘若不爱自己,又怎么能够真真正正得到别人的爱呢?

只是,幼稚就幼稚吧。千万不要为自己曾经做过的幼稚行为多作辩解,要知道在人生漫漫的旅途中,每一个人都有一个致命的梦魇,任谁都无法幸免的。

就好比,殷纣王的梦魇是妲己。妖冶、野性的狐女,最终让他倾尽江山、焚身以火。

就好比,唐明皇的梦魇是闭月羞花的杨贵妃。"一骑红尘妃子笑"、"回眸一笑百媚生"、"六宫粉黛无颜色"、"一枝红艳露凝想"……千百万句唯美的唐诗,咏诵着玉环的绝色,却导致最终"宛转蛾眉马前死"、"君王掩面救不得"的悲剧。

就好比,张爱玲的梦魇是胡兰成,桃花浪子,本是不堪,却奈何爱玲为伊郁郁终生:"我倘使不得不离开你,亦不至于寻短见,亦不能再爱别人,我将只是萎谢了。"

有些沧桑,许是悲凉,但却不得不承认"世间有真爱,相爱却不一定相守"。

深感心痛时,也只能感叹这无奈的流光。

多年之后,再次翻开这篇文字,感叹在心,却依旧思念款款,所以选择在香港这一座琉璃城市的夜里,给你写这样一封碎碎念念的信笺,愿你珍藏在心中,在未知的岁月中再次开启,阅读,然后回忆起旧日所有所有好的、坏的、欢喜的、悲哀的际遇。

莫忘:"缘深缘浅,路长路短,看见就好。"

此致

安好

之二 致纳兰若仪

亲爱的纳兰:

你好吗?那天夜里我开着车,在长长的海滨路上飞奔。马路上弥漫着白色的雾气。

听着收音机里的夜聊节目,谈及关于"后悔药"的话题。

第十五章 牵挂·写给天使的信笺

世上该不该发明一种叫作"后悔药"的胶囊呢?用它来做什么好呢?

很多人围绕着这样的话题开始了长长而生动的讨论。

听完之后,不禁莞尔。

世上有没有"后悔药"、要不要"后悔药"、要"后悔药"来干什么,这些对于我来说统统都不要紧。要紧的是,我有一种比"后悔药"更加重要的药品——"励志药"!

而你,亲爱的。你就是我的"励志药"!

认识你,有多少年啦?你算过吗?

认识你,是偶然,也是缘分。

假若当初没有写那篇青涩的文字,那么,我们可能就永远这样过着各自不曾交集的生活了。无谓认识,无谓相知。

每次,心里感到特别迷惑的时候,我都会想起你,给你打上一通电话,听你快乐地侃侃而谈,闲话家常的感觉总是特别、特别的好。

你说，我们都是勤奋的小孩，在文字的田野里耕耘，我们就应该彼此给对方加油打气，因为有朋友的鼓励，总是能让我们生出更多的勇气，勇敢地去直面困难的。

记得那几年吗？我最颓废的那几年，要不是你每天一通电话的鼓励，可能就没有今天的这本书以及这篇文字。

与你相识，才知道友谊可以这样温暖与励志。

收到我这一封信的时候，你在干什么呢？写书吗，还是在暖黄色的灯光下精心地创作你亲自设计的饰品？在所有的淘宝饰品店里，你的"纳兰轩"一直是我最喜欢去的地方。现在写作，我都要戴着你设计的青金石手链"旧梦"。然后就会想起那首很好听的歌："微微风涌起旧梦，拾起一片回忆如叶落。再也想不起难忘的是什么，多情多怨、多伤人重……"

你知道吗？在我的心目中你一直是个率真且质朴的聪慧女子，简简单单、纯纯粹粹。与你同行，让人安心。真愿意这一生，从此就与你永远为伴，和你一起背着行囊，开始一次逍遥天下的旅程。不管我们从哪个方向出发，又以哪个方向作为终点，过那种"天地不仁，以万物为刍狗"的惬意生活。在路上，有诗酒美文为伴，在花前月下有伤感为伴，两个人一路行走，看路上的风景，该是多么美好的一件事情！

你愿意和我开始这样的一段旅程吗？期待。

此致

安好

之三　致方草

亲爱的方草：

你好吗？这封信写在周庄的小旅馆中。今晚一直下着小雨。

夜里，窝在被窝，开一罐啤酒，一个人看电影《画皮》。

深夜，人的思想是极为柔弱的。看着看着就开始拿起笔歪歪斜斜地给你写下这封信。因为我猜，像你这么睿智的一个女子，一定也喜欢类似这样的电影的。

从往常《聊斋》的故事模式中，依旧渴望着能从《画皮》之中看到冰雪聪慧的狐妖在一番风雨煎熬之后修成正果，得一段可歌可泣的爱情传说。

然而，从影片开始不久，王生与佩蓉的一段床戏之中知道希望算是彻底落空了。

爱情是自私的，再如何深刻的感情都无法忍受"与人分心"的痛苦。

现实中的人如是，片中的人亦复如是。

忽然之间为小唯感到痛惜。

千年之前，她是一只不懂情爱的小小狐妖，在弱肉强食的尘寰之中食心啖血，以求某日能修成正果。而那一夜偶遇王生，却是她难以逃避的一劫，为了一段所谓的"爱情"，她甚至不惜舍弃自己千年的道行。

都说小唯是残忍的，以啖人之心补自己如花容颜。

然而，人在世间，又何尝不是日复一日、年复一年地重复着

第十五章 牵挂·写给天使的信笺

小唯日啖人心的残酷行为呢？唯一不同的是小唯是动物，吃的食物对象是人，而每日被人吃掉的食物对象与小唯对调——是动物罢了。

如果说小唯残害生灵是种罪，那么有知的人类每日里残害着无数无辜的动物，又是不是一种不可被饶恕的孽呢？

突然为小唯捏了一把汗，只希望误落红尘、为情所困的小小狐妖不要落得个万劫不复的结局。

爱情本是万恶之源，披着天长地久的华衣，隐着狰狞的面目，让离恨中徒增痴男怨女无数。

王生之前的一句怒吼：小唯是我的家人！

让我动容。

王生之后的一句道歉：小唯，你起来，王夫人只有一个！

让我禁不住恨意丛生。

男人怎么了？男人不应该是顶天立地、敢爱敢恨的强者吗？却从什么时候开始懦弱得如此让人失望？

他怎么能违心到为了自己的名利地位而去欺骗一只误落红尘、为情所困的狐妖呢？

既然爱了就无怨无悔、坦诚相对。殊不知，是他的懦弱无能造就了小唯铲除佩蓉、取而代之的野心；殊不知，是他的懦弱无能将佩蓉推向了死亡的边缘；甚至是他的懦弱无能最终让小唯陷入万劫不复之地。

所有一切的罪过，是王生这个男人。

如果当初他能放开懦弱的胸怀，将身边的两位红颜视为自己三世修来的福气，又何来最终这场悲剧的产生呢？

从王生联想到《色戒》中的易先生，不同的年代、不同的身份，却同样有着一颗朝三暮四、自私至极、视女子的爱情如草芥的可恶男人。让人看到了爱情的丑陋与不坚定，颓然顿生。

至于佩蓉，佩蓉是一个好妻子吗？佩蓉真的是一个好妻子吗？

我心中疑问一直很深。

第十五章 牵挂·写给天使的信笺

兴许一个好妻子、一个好女人，当有一颗宽宏大量的玲珑之心吧？在佩蓉的一系列针对小唯的举动之中，她所展现的不是她的贤惠、宽宏大量，而是小女人的自私、狭隘。正是她的举措，引发了纷争，说句狠话，佩蓉和王生，一个狭隘、一个虚伪，也活该是一对天设地造的活宝。

叨怜始终孤独的小唯。

都言狐女痴，谁解其中味？

DVD 在看到一半的时候突然卡住了，无法再为我播放《画皮》的故事结局了。只是我也突然释怀了。与其看着痴心的小唯最终万劫不复、灰飞烟灭博得一段爱情的虚名，倒不如让《画皮》的结局留在我的想象之中，兴许某年某月某一天，我自己能为它完结一个花好月圆的美满结局。

在我的那个结局里，再不需有"都言狐女痴，谁解其中味"的感叹。

好啦，我开始想象你收到信，打开一看之后，见我以上满满一篇的胡言乱语之后，会是怎样的表情呢？不过，跟你这样的一个好姐妹碎碎念无疑是我最喜欢做的事情之一。明天，我就要把这封信寄出去。希望能早日收到你的回信。

　　此致

　　安好

之四　致 Mr.x

Mr.x：

　　你好吗？在香港岛的酒店里，我彻夜难眠，心里总想着那天临出发前你跟我说的这句话。

　　"不要用现在的目光，去评判未来的事情。"

　　是的。我们怎么总是要用世俗固定的眼光，去为未知的事物套上标签呢？这个世界上，有太多、太多的未知数，有太多、太多的变卦，而我们真的没有必要拘泥于此，寸步难行。

　　香港，向来是座灯火辉煌的不夜城。今天晚上，我坐在天星游轮上，绕着维多利亚港湾绕了整整一圈。一个人背着背包，趴在船头的栏杆上，看整整一湾的霓虹灯光，看它们在黑暗之中闪烁、变幻、

第十五章 牵挂·写给天使的信笺

构造出一幅又一幅精美绝伦的灯光画卷。而海风一吹，寂寞就突然毫无预兆地袭上了心头。

在这么美丽的夜景中感到寂寞，大概是哪里出了问题吧？是不是因为什么牵绊无法解脱的事情而感到颓废呢？

或许读到这里，你心里会对我这不期而至的情绪感到奇怪是吧？

其实，不用担心，寂寞对于我来说，并非就是所谓的"颓废"。或许更好的解释是此刻的寂寞，只是在给白日里喧闹而行走不停的旅程寻找一个沉静下来的借口罢了。

而在这个时候，你的信息就发了进来："在哪里？在做什么？"

好简单的语句，简单向来是你的特色。见到短信的一刻，我在船头笑了。为你始终保持的风格。

"在看海，看霓虹灯。在想一些再也回不去的旧时光。"我回。

你的短信很快就又进来了。你说："为过去的、为未知的事情烦忧最没必要。"

是啊，我忽然想起龙虾与寄居蟹的故事。

有一天，龙虾与寄居蟹在深海中相遇，寄居蟹看见龙虾正把自己的硬壳蜕掉，露出娇嫩的身躯。寄居蟹非常紧张地说："龙虾，你怎么可以把唯一保护自己身躯的硬壳也放弃呢？难道你不怕有大鱼一口把你吃掉吗？以你现在的情况来看，连急流也会把你冲到岩石上去，到时你不死才怪呢！"

龙虾气定神闲地回答："谢谢你的关心，但是你不了解，我们龙虾每次成长，都必须先蜕掉旧壳，才能生长出更坚固的外壳，现在面对危险，只是为了将来发展得更好而作出准备。"

寄居蟹细心思量一下，自己整天只找可以避居的地方，而没有想过如何令自己成长得更强壮，整天只活在别人的护荫之下，难怪永远都限制自己的发展。

仔细想想，人又何尝不是这样呢？如果一个人整日里要活在惶恐、担忧、顾虑之中，又怎么可能让自己真正地快乐起来呢？

人活着，就是要不断地让自己面对现实，接受挑战，勇敢地前行。生命原本就是一场冒险，只有勇敢地走、及时地收获才是最大的成就。

第十五章 牵挂·写给天使的信笺

成功只属于愿意去冒险的行者。

我决定,离开香港之后,就去更远的地方。

你要不要与我一起结伴同行呢?

此致

问候

之五 致 Ms.c

Ms.c:

我们的初见,是在门口。

你朝我走来,微笑地与我打招呼。

我回头,望见一张温柔的脸。

然后,亲切感丛生。

我相信你始终是不同的。

你没有俗世的谄媚。

你没有俗世的功利。

我总喜欢围着你、绕着你。

总觉得与你在一起是那样的亲切。

你知道吗？

那样一段年月，是我最开心、最放松的日子。

你、我、Y，三个妞妞，在镜头前面肆意地笑，在海滩前开心地跳，在牌桌上尽情地玩……

总觉那个时候的时间过得很快、很快。

总觉那个时候的一切都无须刻意地去讲究。

我甚至可以随意地在你家的沙发上呼呼大睡……

第十五章 牵挂·写给天使的信笺

好怀念那段时光啊。

你会吗?

简单、真实,不需掩饰,不用讲究,多好。

或许天下没有不散的筵席吧,我们终究还是要回到各自该有的原点。

你有你的路要走,我有我的桥要过。

回首走过的往昔,铭刻于心又终究云淡风轻。

忘了告诉你,我最大的愿望是什么。

我希望我可以和我所有的好友、死党、姐妹住在同一座大楼里。这样一来,我们就可以天天见面,夜夜聊天,热热闹闹,永不孤单了。

你觉得这样很幼稚是吗?

或许天真,或许幼稚,但是我真的这么憧憬。

人生若如初见，该有多好？

你我当真如初，该有多好？

此致

安好

第十六章
传闻·在旅途收集故事

　　每一个人都有属于自己的故事。每一座城都有属于自己的传说。游走在城与城之间，像个采茶的女子，小心翼翼地沿途收集着每一个散落的传说，等到春暖花开之际，用之泡一杯悠悠的清茶，荡涤风尘仆仆的心灵。

遇见，在青春的途中

第十六章 传闻·在旅途收集故事

因为写作的原因,常常要到处行走,每到一处,都喜欢请人给我讲故事。欢喜的、悲伤的、幸福的、痛苦的、现代的、古老的我通通接受,来者不拒。

后来故事听多了,记不住了。我就开始用笔记本、用录音笔来记录。

而在诸多的故事之中,印象最深的,莫过于在香港的时候,淘气的陈妹妹特意关了电灯、拉上窗帘、打着电筒,来给我讲她家对面楼房发生的事情……

她殷红的唇角露出一丝凄然,锋利的剪子紧紧地握在手中。

一个极度轻微的动作,一缕乌黑但柔软的长发顺着耳垂坠落。仿佛他曾经无数次地在她耳垂边用温柔的舌尖挑逗,让她浑身泛滥着潮热的春水。

又是一个极度轻微的动作,又一缕发丝坠落,犹如断翅的蝶,陨落在他的手掌之上。曾是这只手掌,怜爱地拂过她的每一寸肌肤,用每一个细腻的动作,告诉她,他如何地迷恋着有关于她的一切。

第三缕长发断落,这一次犹如空气中飘散的烟圈,无论多么妖袅缭绕，终究难逃灰飞烟灭的劫难。那长发，一直顽固地与空气纠缠，最终还是落在了他的胸膛之上。毋庸置疑，她爱那个胸膛，宽宽的、温暖的，她贪婪地赖在那里，渴望着从此一生一世再不要从中醒来。

第四缕长发、第五缕长发、第六缕长发断落，紧接着第七缕、第八缕……乃至更多……

及腰的长发被她一剪、一剪地剪短，速度极慢，感觉极痛，好像参加某一个葬礼，当看着死者的棺木被一铲一铲的泥土所掩埋，当心里的意识越来越清晰，从此永别了，从此棺木中的尸体即将永恒地、无休无止地腐烂、腐烂、永诀、永诀、腐烂……对着镜子，她发出一声模糊的笑声，甚至她已经无法分辨这笑声究竟是幸福的、发自内心的，抑或此中别有用心，只知道自己的长发在迅速地变短，只知道与他的誓言在渐渐地消逝。

"长发留着爱你，长发不断永远爱你……"

那时的她骄傲地依靠在他胸口，亲昵地说。

一滴鲜红的、温热的液体滴落在他的唇瓣上，娇艳是唯一的形容。那带着腥味的液体，会让人产生本能的反应，他应该避开的，他大可避开的。只是，他依旧纹丝不动，仿佛从此一切都与他无关。

第十六章　传闻·在旅途收集故事

第二滴温热而鲜红的液体滴落在他褐色的眼眸中,混杂着深邃的眼睛,形成一道怪异却又无比引人的景观。她曾爱极了他的双眸,褐色的,深情的,闪闪烁烁、闪闪烁烁。她说,那是她的地狱,她因此而不得永生。他说,你可以嫁给任何一个爱你的、想娶你的男人,但绝不是我,我能给你的,只有我的欲望,就如我在你身上所需要的,也只是这些。这便是你需要的现实。液体神秘地流动,只是眼眸依旧坚持,一动不动,仿佛未曾将那抹鲜红铭记。

第三滴、第四滴红色的液体继续以极快的速度滴落,混着她咸咸的泪水……

"我是不是你最疼爱的人,你为什么不说话……"

空气忽然在某一刻凝固了下来,空间以极快又极神秘的速度沉寂了下来,有女子幽幽的声音传来,断断续续、续续断断,如幽灵在无人烟的午夜中哭泣。我是不是你最疼爱的人?我是不是你最疼爱的人?你为什么不说话?握着你冰冷的手动也不动让我好难过……

不知过了多久,终于房间中安静了下来……

一天、两天、三天……

一个星期、两个星期、三个星期……

再无一点声音，再无人想起那个幽暗的、窗门紧闭的房间……

上午8点整，A栋707房的住户报案，隔壁708房传来难闻的恶臭，已有一个星期之久。

上午9点，警察破门而入，发现708房中倒卧着两具腐烂的尸体。男性尸体怀疑为他杀后碎尸。女性尸体初步怀疑为割腕自杀……

他不再爱她，她在极度悲伤之余杀死了他。然后在悲戚的歌声中将他身上她最爱的每一个部位切割下来……

每一个夜归的人，都能听见708房传出的歌声：

"我是不是你最疼爱的人，你为什么不说话……"

第十七章
行走·风景在无声变换

　　一个背包,一个相机,一双磨得有些陈旧的牛皮马克靴子,一路行走。光阴永远前行不息,每一种事物、每一位故人都将被远远地抛在身后,成为历史之中的一抹永恒的回忆,谁都无法例外。

之一

春暖花开，姹紫嫣红的季节。背着行囊，一直奔走在路上，然后发现自己早已习惯了前行，再也停不下来了。

在喧闹的车厢，在拥挤的地铁，静默。表面是个娴静的女子，但内心却一再地狂躁，像一只被禁锢已久的小猫，恨不得一头扎进无垠的绿野之中，肆意闯荡。

很多时候，我们都需要一段属于自己独自而行的旅程，一个人、一个背包、一台相机、一双布鞋、一袭花裙。

四处游荡、一路唱歌。花花裙摆在绿草地上张扬而过的时候，草地上仿佛就开出了花朵，自由的、不被拘束的花朵。

"春天来了，我想去看枝头上那些刚刚萌芽的叶芽儿吧！"电话里，我对他说。

接着春暖花开，一路远走，一路的相爱。果然是人间最美好的一件事情。

第十七章 行走·风景在无声变换

"去遂昌看油菜花吧。"电话里,他建议。

开在平地的油菜花或许你见过,但是开在梯田中的油菜花,又是怎样的一番韵味呢?

闭上眼睛,试想一下吧。

层层叠叠递进的梯阶上,开满了一簇又一簇的花朵,那种热烈的黄,在风吹过的地方摇摆,一层一层、一浪一浪,远远望着,像云在天边涌动。

远方,还有群山巍峨,漫山遍野的竹林沙沙作响。低处有流淌的小溪,清澈见底,只要你走近观望,可以从溪水中看见自己温暖的笑脸。假若你有勇气,你还可以乘机淘气地脱去鞋袜,将赤裸的足没入清凉的水中,看周围泛起的涟漪,想象自己是位从水中冒出的人鱼公主……

其实他的建议一点儿都不错,看油菜花,根本不用趁着春天跑去云南。遂昌这座位于南尖岩石笋头下方的梯田,就很美了。

你来,站在层层的梯田中,看从山谷溪流中引来的水流顺着水沟盘山流下,一道一道的线条高低错落,就像书法家笔下犹如行云流水般的线条，潇洒之中藏着温柔，温柔之中富有韧性。在这样的层层缭绕之中，金黄色的油菜花，都变得妩媚起来。它们像是山村里羞涩的少女，站在灿烂的春光中等着情郎的到来，情郎还未赴约，但是撩人的春风已经让它们变得心神荡漾起来，索性在风中哼着小调，优柔地扭动身姿，跳起舞蹈。阳光照在它们的花瓣上，反射出绚丽的光线。

来得及时，你还能看见云海。只要在此之前，你能遇见一场雨，能在大雨过后看见缕缕青烟从山谷之中袅袅娜娜地升起。青烟汇集，成了云海，清晨或者雨后，如锦似繁。

云海或者缭绕在山峰之上，或者穿行在山涧之间，然后那些置身在云海之中的山峰啊，就成了茫茫海水之中的岛屿，时隐时现、时远时近。那种感觉，会让你怀疑自己飞身进了南天门，来到蓬莱仙境。再不然就是看见了海市蜃楼，忍不住想要伸手去触摸、去挽留，将眼前的景致永远地留在自己的记忆之中。

在这样一个阳光明媚的春天，你还犹豫什么呢？

之二

夏天给我的感觉，总是酷热的。太阳火辣辣地挂在天上，汗水

第十七章　行走·风景在无声变换

黏糊糊地挂在脖子间。

当房间之中开着空调,一刻也无法停止。即使感到自己的皮肤因为长期置身空调房中而变得越来越干燥,你也没有那种停止凉快、接受酷热的勇气。你想,干燥就干燥吧。忍受着干燥点的皮肤,总比将自己放置在火炉之中来得舒服些。

每当这个时候,就特别怀念丁柔这位温婉的女孩,还有华南植物园中的一抹绿色,以及与植物有关的爱情故事。

两年前,与丁柔一起前往华南植物园的前一夜,接到了 Lynda 的电话。电话里 Lynda 愤愤地抱怨:"丁柔疯了!你不知道她最近疯狂地迷上了种植。整个家,整个教室都是她的植物。就因为那个叫作伟凡的男人!"

其实,丁柔与伟凡的故事,我是知道的。丁柔一早跟我说过。她其实也被自己无意之间迸发出来的痴狂给唬住了,她想不到竟然自己会这么疯狂地迷上种花!她想不到那天 Lynda 真的到她教室来借花时,她居然从心里流露出割肉般的疼痛!因为这些植物,现在已成了她的生命,她一刻也不能离开它们。

我告诉丁柔,这样其实也未尝不可,至少爱上种植以后的这段日子她变得平静多了，不烦乱，不悲痛，不伤心，不流泪。实在想念伟凡，难以压制的时候，她就去照料窗口与桌案上的那几盆花。浇浇水、修修叶，因为只有在此刻，才能冥冥中感应到有个男人正与她一样，对着满眼花花绿绿的植物，细心地照料着。

最喜欢丁柔在这个初夏的状态了，安逸的嘴角挂着一丝淡淡的慵懒，一头乌黑卷曲的黑发披散在肩头，眼眸中有一股无法解释的情感：淡然地夹杂着思念的无奈与平静的忧伤。连班里的男学生这阵子似乎也为她的这份优雅宁静所吸引，大家都喜欢围着她转。

比如，对着她笑；比如，看着她出神；比如，做几个搞笑的鬼脸和奇怪的动作逗她发笑；比如，找个借口接近她，轻轻呼吸着她身上散发的幽幽芬芳……

这时的男孩子们总会私底下偷偷地议论："丁老师身上的味道真香啊……"

是的，这是"Rouge Heremès"的香味，热情中带着一份典雅，如果香味也有颜色的话，那它散发出来的颜色一定是如樱桃般的嫣红。我觉得这样的香味最适合这个热烈的夏天。而且透过这种香味，

第十七章　行走·风景在无声变换

总能让丁柔想起某个暖暖的午后和欣喜若狂的伟凡……

午后时分,当丁柔推开伟凡的家门时,她真的不能相信呈现在自己眼前的一切!

满院的盆栽、满树怒放的茶花、风中摇曳的洁白茉莉……居然满庭的芬芳竟然出自一个漠然男子之手!

丁柔花枝乱颤地笑了起来,一直到倒在伟凡那温暖宽厚的怀抱里!她调皮地对他说:"你是不是学人家在金屋里养了位田螺姑娘呀!而且是一位会帮你种花的田螺姑娘!"伟凡一听,佯装生气地把她搂得紧紧的,轻声说:"什么呀!你倒挺希望我养田螺姑娘的!只不过,对不起,让你失望了,这满院子的花都出自本人之手,我才不稀罕什么田螺姑娘呢!"

"我才不信呢!就凭你?整天在外边跑,这花不枯死才怪呢!"丁柔调皮地眨着眼睛,故意地说。

"你就知道……"一片温柔的唇紧紧地覆盖在她的樱桃小嘴上,接着便是一阵粉色的绯红。

良久之后,伟凡的眼前一亮,他轻轻放开丁柔,信步走到含苞待放的玫瑰前面，蹲了下来，高兴地说："终于开花了！多美、多好看啊！"他雀跃得像个快乐的小孩。然后，小心地拿起花剪，小心翼翼地把那犹带着露水的花朵剪了下来，插入晶莹的水晶瓶中，良久地凝视，款款地对丁柔说："你如花，花如你，我爱一切的花……"

丁柔知道，她此生的记忆，便会在这个温暖的午后凝结了，如一块透明的坚硬的琥珀，永恒被禁锢于其中的，是那个爱花的男子和那朵娇艳带露的玫瑰花。

花开便有花落；一片叶子的萌发便有另一片叶子的枯黄。在这个万变的世界中，感情与植物一样拥有不可逆转的规律。

伟凡离开了，悄然地抽出原本紧握着丁柔的那双厚厚的手，于片片黄叶中转身离去。丁柔落泪，眼前依旧是满院的芳菲。

责备伟凡朝三暮四的声音纷纷响起，大家都劝丁柔把他忘了，当伟凡是个不值得落泪的男子。

可是丁柔不信，丁柔永远不会相信伟凡是个花心男人，离开自己只是因为移情别恋。丁柔相信，一个有耐心培植花朵、等待植物开花结果，又为此而欣喜雀跃的男子怎有可能在感情的世界中如此

第十七章　行走·风景在无声变换

善变呢？在她心底,永远回响着伟凡曾情不自禁地对她一阵狂吻之后,又将她狠狠推开时说的那句话:"宝贝,我不能这么自私,我不能让你为了我,而受人唾骂。宝贝,对不起。"

丁柔知道伟凡的苦衷,他恨自己为何整整迟到了二十八年？恨自己为何不早点知道就在马路另一端那所房子里,住着一个叫丁柔的温婉女子！泪,又从眼中流出。丁柔无奈地玩味那两句古诗:"还君明珠泪双垂,恨不相逢未嫁时。"

风依旧缓缓吹落满树黄叶,片片如蝶在记忆中曼舞。洒满阳光的天台上,丁柔细心地照料着那大大小小的盆栽,小心地呵护着,似乎在每一盆花中,她都能看到一个深情男人的影子,她深深地相信,此时此刻另一个阳台上,一个叫伟凡的男人,正与她一样,在细心地照料着每一盆植物,她知道,他们俩的心将永远在片片叶子中相知相守……

每一天,丁柔都对着每一盆植物说:"亲爱的,我们在绿叶中相见。"

这个夏天,丁柔终究还是没有和伟凡在一起,但是我想这并非是一件悲伤的事情。因为透过一抹柔和的绿色,丁柔的爱情已经得到了升华。她知道与其苦苦纠缠,不如勇敢地放开双手,接受现实。

她知道，有时候长长的怀念丝毫不会比缠绵不休逊色多少，就好比绿叶未必比红花逊色多少一样。

在这个炎热的夏天，我依恋旅程中的任何一片绿叶。

第十八章
宁国·水波潋滟的怀念

安徽省东南部,皖南山区东北侧有一座像女子一样娴静温婉的城——宁国。它以一种青山滴翠、绿水如蓝的姿态东邻浙江,西靠黄山,连接皖浙两省七个县市。这座与名字一样美丽的小城,永远是自然的瑰宝。

宁国这座城的名字让我由衷地向往。曾经无数次闭上双眼去怀想这是怎样一座宁静而安逸的城郭，城郭之中又会有怎样的故事发生。

清晨，山里的雾有点粘人，微冷。

去这座城时，正好与方草心、阙上同路。三个女人坐在车中，顺着蜿蜒的山路前行，伫立在山路两旁的，时而是笔直挺拔的翠竹，时而是古朴斑驳的村落，时而是农人用心搭制的蘑菇房，时而是茂密葱郁的大树以及一棵又一棵发了疯地开着花的广木兰。

听说宁国有很多珍稀名贵的植物，蕨类、裸子、被子，各自有属于自己的科目、各自有属于自己的种类、名字。隔着车窗玻璃，用尽自己所有的植物常识来辨认自己叫得出名字的树：银杏、马尾松、巴山榧、黄山松、三尖杉、刺柏、美丽红豆杉、金钱松、南方铁杉、香榧、凤丫蕨、抱石莲、庐山石韦、毛竹、滴水珠、禾叶土麦冬……

不同种类、不同名称的树都有各自与众不同的叶子，而这些树这些叶子于我来说却是如此熟悉又如此的陌生。

总说一叶一世界，春天萌芽、冬天凋零，大致的树木都逃避不了的大自然规律，于是冬来春去每片叶子都会经历萌发、生长、枯

第十八章 宁国·水波潋滟的怀念

黄、凋零的过程,然后这样层层叠叠地堆砌之后,也许每片叶子、每棵树便都有了属于自己的曾经,一千张叶子,一千个故事。

我说其实来生投胎做一棵疯长在深山里头的树,也是不错的。餐风饮露,汲取日月菁华,无人知晓又与世无争,无须牵挂任何人与事也无须被任何人与事牵挂。

话未说完,一旁的方草心早已笑得喘不过气来,她说假若我投胎做一棵树,还能有这么的向往和设想的话,估计也早不是一棵普通正常的树了吧?应该是什么呢?小妮子为了找个机会糊弄我,几乎想歪了脖子,最后终于被她想到了这样的一个角色——《倩女幽魂》里头的黑山树妖!

也罢,我配合着她做噘嘴状,毋庸置疑黑山树妖肯定也是个有故事的角色,而有故事人,她或他以及他们或她们的故事,总是最吸引我的。

"什么《倩女幽魂》才子佳人?"坐后座的阙上没听清楚我们的玩笑,隔着座位的空隙问上一句。

我说什么都不是,我只是说我自己想当"黑山老妖"罢了。

三个女人就此笑成了一团，忽然对身边的这两位闺密充满的感激。

回想起自己曾经走过的道路之上曾有的那段独自一个人行走的时间。那时同校的好友各奔前程，各自忙着打拼自己的事业。那时同单位的人们各自都在不停地自我吹嘘：谁买了件名牌的衣服、谁有位有本事的丈夫、谁最近搬进了哪间豪宅、买了哪款豪车，等等。又或者是谁看上去很漂亮，谁比原先更漂亮，谁和原来不一样，谁又是几年来丝毫未改，诸如此类。

自认是个不喜欢攀比的人，所以这样的话题自然无法融合其中，也因此当了一段时间的异类。直到后来遇上了她们两个。

同样是爱好文字的女子，有一颗敏感、细腻的心房，对人对事心怀淡然，所以没有攀比、没有炫耀、没有指指点点，这样的相处，多好。

在蜿蜒的山路上前行着，弯折的山路是宁国这个丘陵地区的典型特征。绕了又绕不知过了几个弯道之后，青龙湾便在车过一个山口时突然闪现出来了。远望去，氤氲的雾，苍茫的山，浩渺的水，一条大坝如同苍龙一般卧伏横亘于两山之间，龙潜水中便有了湖。来到湖边，被一湾清冽所折服，曾经无数次地远行，曾经走过无数的山山水水，而别处的山犹如一个牵着一个的，在毫无知觉之间你

第十八章 宁国·水波潋滟的怀念

好似就让山给无端包围了起来。

这里,青山座座皆是层状的,渐近时开窗一样推开一层山水,多了一份雄伟、一抹奇秀。由近及远处,山水一层淡似一层,一直蜿蜒到若有若无的地方,平添了一份古朴原生的粗放,去掉了城市景点的古板单调的精致,添了份纯朴的乡土气息,直教心旷神怡。

此时心里头那个做一棵树的愿望再次浮现,多希望能就此摆脱山外的熙攘,在这草青人远、一泓深潭的地方坐看云起、远望日落,抑或什么也不干只是一味地傻坐、傻看、傻想,任山中的宁静消解心中的浮躁。

对站在身边同样感叹不已的方草心说,终于明白为什么古往今来如此多的文人墨客会选择悠然山野终老一生了,或许便是希望能在自己生命最后的日子里免去世俗的烦恼,来超脱心灵吧。

据说青龙湾有38个岛屿错落在延绵的湖面上,湖光、山色、绚丽、多姿。

登上了早已在岸边等候多时的船,以一种极为缓慢的速度。忽然对这一片未经开发、未受污染的山水心怀怜悯,能一直这样多好?走过太多的地方,看过太多由人工堆砌、加工之后的景致,你会发现景色固然是美的,但却缺了大自然原本该有的浑然天成。如同人的情感。现实的际遇,让人言不由衷地压抑住内心真实的想法,终究得到了利益却迷失了原来的自己。

　　望着青龙湾中一潭碧绿清澈、波纹不断的水纹,我的心像这层层叠叠的涟漪一般,一直无法平静。

　　站在正往前方湖光山色深处悠然航行的船上,始终觉得自己心有质疑,始终一味执着地想要逃离,在茫茫望不见边界的水之中央寻找自己的位置。尽管明白,自己的内心的挣扎,或许最终只是惘然了压抑已久的思念罢了。

　　一个久违的轮廓浮现在眼前,是本以为已将之深藏,这辈子都不会再忆起的某一个影子。

　　深邃的眼眸、褐色的双瞳、卷翘的睫毛、不羁的唇角……

　　原来所有念念不忘的,关于某一个人的样子,始终是如此的清晰。

　　然而又能怎样呢?

第十八章　宁国·水波潋滟的怀念

自古以来，总有些心怀固执不肯认命的人妄图着自己可以"抽刀断水"割断所有的曾经，却又从来无法改变流水本来就固有的形态，所以"抽刀断水水更流，举杯消愁愁更愁。人生在世不称意，明朝散发弄扁舟"。

"一副婉转的歌喉，失去了想为之歌唱的听者，一切都变得惘然了。只是有时候又不得不接受这样的现实。"

从今天开始，我的路途之中再没有你，缘如雾，似同眼前的一帘绿色迷梦，依稀。

"惠云禅寺"，一间建于青龙湖大岛上的一座大庙。香客极多，许多人在此朝圣膜拜。

坐船是前往惠云禅寺的唯一方法，七百多个台阶沿着山体拾阶而上，延伸入水的细长台阶如同佛陀的大手，山渐攀渐高，台阶渐进渐深，行在林间，聆听鸟儿婉转，虫儿吟唱，山风呢喃，心静如涅槃，山间偶尔又会传来深沉的足音，怕是我们惊扰了佛陀的清梦？

呆呆地坐在半山的驿亭中，看云起，观湖水，一颗原本纷繁的心瞬时安静了下来。

漫漫尘寰，青山绿水，多少流光往事便都在这般的袅袅青烟中随风而逝，唯独留下这依旧的风景，永远的传说。半山之中向下眺望遥遥的一池碧水，远远望见湖边一株古树，依旧葱葱绿绿，一年一岁，看尽繁华。

再次踏上山路，一路莺歌燕语，阳光透过树木洒在石头路上，山谷中各种树木，不同树叶，绚烂多彩，好似油画一样浓墨重彩，美不胜收，偶尔弯腰在草丛之中去摘些野果子，与同行的好友分享，偶尔也会摆个凭栏临风的姿态，照张相片……一路嬉戏，不知不觉间就来到了顶峰。

层层叠叠的亭台楼阁，云烟缭绕的袅袅青峰，回望梵呗阵阵，不禁感叹眼帘尽处好一片世外桃源的净土，宁静，闲散。

岸边的野花开了，在秋的微寒、萧瑟里，瘦的茎，暗的色，托着孱弱的花蕊，安静但毫不掩饰地于水边风中怒放，还有成片的芦花，纷纷扬扬随风摇曳。远处的山也红了，秋日的艳红躲藏在稻菽飘香里……

忽然有种唯美的冲动，在这碧水深潭之中化身一尾青鱼，洗落一身风尘，悠游于青龙湖中……